张彩红 著

俗日常

《浮生六记》微探

郑州大学出版社

图书在版编目(CIP)数据

雅俗日常 :《浮生六记》微探 / 张彩红著. — 郑州 :
郑州大学出版社,2023.6(2024.6 重印)
ISBN 978-7-5645-9744-3

Ⅰ. ①雅… Ⅱ. ①张… Ⅲ. ①古典散文 - 散文集 -
中国 - 清代②《浮生六记》- 研究 Ⅳ. ①I264.9

中国国家版本馆 CIP 数据核字(2023)第 096910 号

雅俗日常:《浮生六记》微探
YASU RICHANG:《FUSHENG LIU JI》WEITAN

策划编辑	刘金兰	封面设计	刘运来
责任编辑	申丛芳	版式设计	苏永生
责任校对	刘晓晓	责任监制	李瑞卿

出版发行	郑州大学出版社(http://www.zzup.cn)
地 址	郑州市大学路 40 号(450052)
出 版 人	孙保营
发行电话	0371-66966070
经 销	全国新华书店
印 刷	廊坊市印艺阁数字科技有限公司
开 本	890 mm×1 240 mm 1 / 32
印 张	8
字 数	162 千字
版 次	2023 年 6 月第 1 版
印 次	2024 年 6 月第 2 次印刷

书 号	ISBN 978-7-5645-9744-3 定 价 59.00 元

序

从出版现象到文本研读

　　"一个不知名的画家描写他夫妇的闺房中琐事的回忆",竟然在作者身后历经近百年波折,逆袭成功,持续畅销百年,引发一代代读者的共鸣!这一现象值得关注,这一文本更值得研读!

　　癸卯清明之翌日,彩红女史携其新作《雅俗日常——〈浮生六记〉微探》来访,并问序于余。作为出版人,本人对明清史事相对比较熟悉,对《浮生六记》的出版传播现象亦曾予以关注,但毕竟非文学专业,故未敢贸然应允。及浏览书稿,先睹为快,不禁发出上面的感慨,于是草就下面的文字,姑且向彩红交卷,也借此求教于同好。

　　1924年5月,俞平伯校点整理的《浮生六记》,首次以单行本由北京霜枫社出版、朴社发行,当年再版,次年三版,后交开明书店印行,从此开启了该书近百年畅销的历程。在此之前46年中,自光绪四年(1878)列入上海申报馆丛书续集之一的《独悟庵丛钞》刊刻行世后,仅有4个版本,且均为合编丛书本:一是1906年《雁来红丛报》本(与《陶庵梦忆》等五种合编),二是1912年上海明明学社本(与《影梅庵忆语》《物理小识》《一家言》《徐霞客游记》合编),三是1915年上海进步书局《说库》丛书本,四是1915年上海梁溪图书馆《中国文会文艺丛刻》本。而在此之后到新中国成立前的25年中,至少有50多个版本印行,而且还有包括林语堂译本在内的英译本、日译本等5种,形成了第一个出版传播高潮。上海沦陷时期,费穆编导的同名舞台剧,上演6次342场;1947年,上海实验电影工场拍摄同名古装片,由费穆监制、裴冲编导,著名演员舒适、沙莉分饰三白、芸娘,风行一时。

自1980年起,随着改革开放后出版业的繁荣发展,《浮生六记》开始了第二个密集出版期。当年5月,江西人民出版社出版《浮生六记》,次年出版修订2版,印数高达15万册;同年7月,人民文学出版社出版俞平伯校点本,印数10万册。据不完全统计,截至2014年,共有80多个中文版本,另有英、法、德、意、俄、日以及丹麦、瑞典、捷克、马来语等译本,有人推算海内外发行已超300万册。一本普通作者的忆语体文学作品,广为世人所知所爱,跻身于文学经典之林,有人称之为非典型性名著。

2015 年，果麦文化策划运作、"80 后"当红作家张佳玮所译《浮生六记》由天津人民出版社推出，汪涵、胡歌等人加持推荐，一时洛阳纸贵；2017 年全国市场销量第一，超过了东野圭吾的《解忧杂货店》、张嘉佳的《摆渡人》和赫拉利的《人类简史》；至今已销售 350 万册，形成了《浮生六记》出版史上的巅峰。2017 年，大星文化策划运作、诗人周公度的校勘译注本由浙江文艺出版社推出，增加了后二记，打出"无需古文基础，也能完全读懂"的宣传语，并附上沈复三十年游历图和沈复、芸娘苏州城内行迹图，两个月重印 6 次，并拿下亚马逊适时排行榜冠军。其他出版社也纷纷跟风，自 2015 年至今年 2 月，国内多达 133 个版本，形成该书出版传播史上最为集中的热销期，也成了近年来令人瞩目的出版现象。

《浮生六记》的作者沈复，字三白，出生于苏州沧浪亭畔的一个衣冠之家，工文善画，一生没有功名，而以游幕为业，兼做点小生意；其妻陈芸乃姑表之亲，与其同龄，颇具才情，精通刺绣。二人青梅竹马，十八岁成婚，"鸿案相庄廿有三年，年愈久而情愈密"，在幸福美满的时光中同甘，在落魄困顿的日子里共苦。芸娘逝后，三白自号梅逸，有感于东坡"事如春梦了无痕""苟不记之笔墨，未免有辜彼苍之厚"，忆其日常生活，感慨"浮生若梦，为欢几何"，名曰《浮生六记》，分闺房记乐、闲情记趣、坎坷记愁、浪游记快、中山记历、养生记道，其中后二记散佚，或疑为后人所补，而 2005 年钱泳手录《记事珠》(《钱梅溪手稿》) 的发现, 证实卷五的存在。此书的文体属性, 有称为自传体散文、忆语体散文、叙事体散文, 也有称为自传体小说、自传体笔记、文言小说、抒情小说者, 乃至与《红楼梦》作比, 誉为"晚清小红楼"。

这样一个科举时代沦落不遇之人, 这样一个隐于市井、求食四方的处士; 这样一部书写日常琐事、描叙私人生活的回忆录, 这样一部未能刊刻、流落"冷摊"的散佚不全之书, 竟然在近百年来不胫而走, 受到海内外广大读者的青睐, 值得我们认真考察和深入分析。

按照传播学的观点, 传播不仅仅是公之于众, 而且是一个共享信息的过程, 或言信息的双向流通过程, 传者和受众是传播活动中最重要的两大要素。因此对于出版传播现象, 须进行传播和接受的双向性分析, 当然, 作为传播媒介和传播内容的文本更是其间不可回避的分析对象。

传者是传播活动的起点, 包括信息的收集、加工和发布者, 于图书而言, 包括作者和出版者。作者沈复是一个理想主义者, "岩前倚杖看云起, 松下横琴待鹤归", 他所描绘的是太平盛世下一对平凡夫妻的江南世俗生活画卷。芸娘兰心蕙质, 真诚善美, 其夫妻恩义, 挚友相知, 琴瑟和鸣, 堪称神仙眷侣、闺中良友。然而情深不寿, 变故无常, 父子反目, 姑侄龃龉, 兄弟失和, 两次被逐出家门, 转蓬飘萍, 妻死葬于外, 子夭亡于家, 女出为童养媳, 尝尽人间辛

4

酸。爱情、亲情、友情、世情，安乐、雅趣、快意、哀愁，一切的一切，在作者的笔下一如行云流水，不系之舟，真情实感，乐观旷达，平淡自然，"俨如一块纯美的水晶"，只见明莹，不见颜色，只见精微，不见雕饰，堪称古典生活美学的简志、传统家庭悲欢的样本、一曲若梦浮生的浅斟低唱！加之匠心的结构、清新的语言、细腻的表达，被陈寅恪先生称为"例外创作"，令晚清文士"阅而心醉"，使新文化人惊叹"有迷眩人的魔力"，也让当下读者誉为"一股涤净内心的清流"，更为社会史学者视为盛世江南风土的个人体验，这就是穿越时空的文学力量。

正如一位文化史学者所言：存在于后世观念中的传统，会因时过境迁而改变其意义，只有在当时人的语境中，经由当时人的解读才具有当时代的意义。而出版传播者正是这样文本解读的主体和语境错位的调适者。《浮生六记》作为一个书写普通读书人日常生活平淡之美的真实文本，正是通过百年来一代代出版传播者的解读，借助时代语境的转换，才能够作为一种新的意义符号而复活，引起读者的强烈共鸣，形成一种独特的文学现象和出版现象。

一个世纪以来，中国经历了百年未有之大变局，思想文化语境与社会生活环境都发生了巨大的改变。《浮生六记》所蕴含的自由、平等、独立、自主的现代意识，反对礼教、主张个性解放的微言大义，诗意情致、品质生活的人生理想，陆续被发掘出来，与新兴的妇女解放、社会变革思潮相契合，与西方人本主义和普世价值相契合，与当代人如何面对个人与社会的永恒矛盾、如何在理想与现实中做出抉择的永恒话题相契合，使得这一部个人身世爱恨悲欢的回忆录成为人类共同情感的体验场，每个时代都有沈复式的理想主义者，每个人都能从中看到自己的影子。

于是，我们看到，作为《浮生六记》传播第一功臣的新文化人俞平伯，他关注的是"个人才情的伸展"和冲破"习俗权威的紧迫"，这是个性解放、家庭革命和文学革命语境下的启蒙主义解读。而作为有着跨文化视野文人的林语堂，则同中有异，他关注的是"恬淡自适"的个人本位家庭生活方式，体现了个人主义、自然主义和乐生主义的人生态度，这是一个中西边缘文化人的西方视角的解读。与此相近的，还有周作人等基于晚明性灵小品流派复兴的解读；而与此相反的，还有潘光旦基于科学主义的解读。我们更看到，当代学人从沈复的平民空间和小历史书写中探寻其文化意义，钩沉其新文化端绪和近代性特征；尤其是目下出版者和翻译者所强调的"化文采于自然，融身心于万物"，"融化在理性中的至情"，"有趣、自在、甘于淡泊的古典生活美学心态"；经过翻译处理的现代文本，更使读者仿佛在欣赏当下的流行故事，面对人生挑战和现实迷惘保持浪漫、真实、自然、坚强、旷达的人生态度，这又是现实主义的解读。

受众是传播信息的消费者，传播过程的译码者，传播之后的反馈者。《浮生六记》从平凡成为奇迹，乃源于其"人工而归于天然"的文质兼美，与读者心有灵犀，毫无违和之感。其中既没有金戈铁马、江湖传奇，也没有降妖除怪、玄幻神魔，唯有凡人真事、纯情至性、布衣蔬食，可乐终身，经过历史沧桑、文化积淀益发变得丰富而多元，不同的受众、不同的时空，都能体验到私人心灵的独白，击中情感的渴求。我们从化自书中原文的网络流行语"谁人与我立黄昏，谁人问我粥可温；谁人与我把酒分，谁人陪我夜已深"就可见一斑。随便浏览一下网络书店购书者的反馈留言，即可见受众的灵犀共识："令人羡慕的情感，令人嗟叹的人生"；"悲乎哀哉！一悲芸娘情深不寿，一哀三白半生潦倒"；"清朝一个普通读书人的生活，其中的酸甜苦辣也是每一代人的缩影，看到他的生活，也是对我们生活的一次微小的思考"；在羡慕沈、陈的神仙爱情人间少有、可遇而不可求的同时，也受到激励启发，"让我不禁感叹人生苦短，需及时行乐，年轻时奋斗努力是必须的，但是毫无目的也不可取，唯有明确自己内心的目标再付诸努力，才会让生活过得越来越好"。每一个向往美好生活的人，心里都住着一个沈复，这可能就是《浮生六记》的生命力所在，也是这一出版传播现象的奥秘所在。

现代阐释学认为，作为话语和媒介的文本，是"被理解的真正给定之物"，是理解的客体、阐释的工具，具有真理性的最高意义，因此倡导"回到文本"。文学批评要从文本出发，本来是一个常识问题，也是中国文化的一个传统，即所谓"知人论世"。孟子云："诵其诗，读其书，不知其人，可乎？是以论其世也。"我们解读《浮生六记》，也应作如是观。即将面世的《雅俗日常——〈浮生六记〉微探》一书，就是作者在繁忙的出版管理工作之余，潜心研读《浮生六记》的结晶。全书基于文本，而又超越文本，将其视为在当时社会历史环境、意识形态和作者个人生活积淀共同作用下的一种叙事，提炼出夫妻、家人、友朋、治生、雅俗五个主题，逐一展开论述。其论述方式融历史分析与文学评论于一体，每一个主题，都立足于文化传统的认识，历史环境的分析，辅以文学作品的比较，从而知人论世，立体呈现出沈复及其《浮生六记》的多彩世界。这种宽阔的视野和严谨的学风是值得提倡的，相信也会给相关领域的研究带来新的推动。

　　闲言少叙，还请读者打开本书，进入作者建构的多彩世界吧！

　　　　　　　　　　　　　　　　　　　郭孟良
　　　　　　　　　　　　　书于第28个世界读书日到来之际

目录

目录

引　言

　　清中期沈复（字三白）所著的《浮生六记》刊行后，百余年来广为传播，至今仍为畅销读物，为世人津津乐道，不忍释卷。一部简短笔记之作，于世纪沧桑变幻中散发出的持久性内在魅力，成为一种特有的出版现象。依三白所言，"不过记其实情实事而已"①。书中对于夫妻、家人、友朋、雅俗等日常生活的记录，以别有洞天的直笔与婉转，悠长百转的苍凉与柔情，镌刻在手持此书读者的心灵深处。其笔下对于夫妻此生尘世的真挚眷恋，彼此痴情的一往情深，相思相爱的知己之交，心事沧桑的扶持忆念，似水流年的悲怆感伤，生死别离的不舍萦怀，等等，尤至为可贵，令人慨叹。三白以一种大胆、真挚的笔法直抒胸臆，畅怀长抒、无遮无拦的志意与情感，在书写者与阅读者之间激荡起的共情与共鸣的弦音，于文字间浮现、飘扬、弥漫，穿越时空，亘透古今，播撒中外。

　　《浮生六记》为世人所知，源于杨引传于家乡苏州城内

---

　　① 沈复. 浮生六记［M］. 北京：人民文学出版社，1980：1.

冷摊购买的三白手稿。当时被发现的版本只有四记，即卷一《闺房记乐》、卷二《闲情记趣》、卷三《坎坷记愁》、卷四《浪游记快》。原作所说"六记"中的卷五《中山记历》、卷六《养生记道》是缺失的。杨引传于光绪三年（1877）七月七日作《浮生六记序》，写道：

《浮生六记》一书，余于郡城冷摊得之，六记已缺其二，犹作者手稿也。就其所记推之，知为沈姓号三白，而名则已逸，遍访城中无知者。其书则武林叶桐君刺史、潘麐生茂才、顾云樵山人、陶芑孙明经诸人，皆阅而心醉焉。𪩘园王君寄示阳湖管氏所题《浮生六记》六绝句，始知所亡《中山纪历》盖曾到琉球也。书之佳处已详于麐生所题。近僧即麐生自号，并以"浮生若梦为欢几何"之小印，钤于简端。

光绪三年七月七日，独悟庵居士杨引传识。①

由杨引传所作的《浮生六记序》可知，他偶然得到手稿，其时尚不知作者姓名，仅知其"号三白"，作者经历更是无从知晓。《浮生六记》作为《独悟庵丛钞》的一种，被刊刻于世。这一目前所见最早的版本，1878 年由上海申报馆出版。

---

① 沈复. 浮生六记 [M]. 北京：人民文学出版社，1980：68.

后续的版本以此为源头。之后，《浮生六记》的版本日趋增多，清末光绪年间、民国时期、新中国成立后，关于《浮生六记》的版本有几百种之多。另外，根据中国版本图书馆可查阅到的品种统计，仅从出版时间 1999 年初版记起，截至 2022 年 12 月，以"浮生六记"为主题词，有关的译注、校注、精读、精讲、编绘、专题研究、译介研究等内容的不同单行本计有 180 种之多。由杨引传在《浮生六记序》中提到的四位读者"皆阅而心醉焉"，到今天仍逢其时的畅销读物，《浮生六记》的经典性及其被民众的喜见程度，由此可见一斑。其中对夫妇居家日常伉俪笃厚倾注的深情笔墨，更是打动了不计其数的读者。

陈寅恪先生曾指出："吾国文学，自来以礼法顾忌之故，不敢多言男女间关系，而于正式男女关系如夫妇者，尤少涉及。盖闺房燕昵之情意，家庭米盐之琐屑，大抵不列载于篇章，惟以笼统之词，概括言之而已。此后来沈三白《浮生六记》之《闺房记乐》，所以为例外创作，然其时代距今较近矣。"①

美国汉学家伊沛霞在对宋代妇女的婚姻和生活考察研究后提出："不幸的是，很少有丈夫或妻子记述自己的婚姻生活；第一手资料极为少见。此外，宋代上层社会的男子不向

---

① 陈寅恪. 元白诗笺证稿 [M]. 北京：生活·读书·新知三联书店，2001：103.

朋友介绍自己年轻的妻子，也不过多谈论她们。即便与妻子两情相悦，男人也会因公开自己的感情而窘迫。诗人写别离诗表达离开兄弟或朋友后的悲伤，并把诗词示以他人。他们甚至与别人分享与妓女分离后写的诗，却从不把与妻子分别后写的诗（甚至也许从来不写）给别人看。妻子去世后，男人即令怀着可以告慰的心情描写她对父母是尽责的儿媳，家务方面是胜任其职的管家，对孩子来说是慈爱的母亲，却不写她是他生命中的最爱或遇到困难时最强有力的盟友。他可能会写诗表达自己的悲痛，但是这些诗词通常会更多地关注他在丧妻后的情感反应，而不是他们共处的时光。"①

陈寅恪与伊沛霞，作为文化渊源不同的中西学者，分别基于自身学术研究的范围和视野，对史料中中国传统社会男子笔下的夫妻生活记录，或者说夫妻关系表达的文字陈述的稀见，提出了相同的看法。

中国近现代文学史上，俞平伯堪称《浮生六记》研究的先行者和奠基人，他对《浮生六记》的研究从 20 世纪 20 年代开始，到 20 世纪 80 年代仍在关注，时间跨越 60 年。在《浮生六记》的出版传播活动中，俞平伯不仅进行校点，研究整理年表，还针对不同版本的重印、重刊及外文译本的翻译推介，撰写了多篇文章，从思想性和艺术性等方面对

雅俗日常

　　① 伊沛霞. 内闱：宋代妇女的婚姻和生活［M］. 胡志宏，译. 南京：江苏人民出版社，2022：197-198.

《浮生六记》做了精要评析，为学人、读者研究学习提供了高屋建瓴的指导。其撰写的诗文、题序、随笔等，阐述了他的研究成果、观点，见于《拟重印〈浮生六记〉序》[后更题为《重印〈浮生六记〉序（一）》]、《〈浮生六记〉新序》[后更题为《重印〈浮生六记〉序（二）》、《重刊〈浮生六记〉序》]、《〈浮生六记〉年表》、《〈浮生六记〉考》、《题沈复山水画》（诗并序）、《〈浮生六记〉二题》、《德译本〈浮生六记〉序》、《沈三白晚年的踪迹》等文中。①

在《重印〈浮生六记〉序》中，俞平伯写道："综括言之，中国大多数的家庭的机能，只是穿衣，吃饭，生小孩子，以外便是你我相倾轧，明的为争夺，暗的为嫉妒。不肯做家庭奴隶的未必即是天才，但如有天才是决不甘心做家庭奴隶的。《浮生六记》一书，即是表现无量数惊涛骇浪相冲击中的一个微波的银痕而已。但即算是轻婉的微波之痕，已足使我们的心灵震荡而不怡。"②

1924 年，在《重刊浮生六记序》一文中，俞平伯先生首先谈到了重印的缘由："重印《浮生六记》的因缘，容我略说。幼年在苏州，曾读过此书，当时只觉得可爱而已。自移家北去后，不但诵读时的残趣久荡为云烟，即书的名字也

---

① 鲍国华. 论《文字同盟》载俞平伯文《〈浮生六记〉考》[J]. 新文学史料，2014（2）：150.

② 俞平伯. 重印《浮生六记》序 [M] // 浮生六记. 苗怀明，译注. 北京：中华书局，2018：303-304.

难省忆。去秋在上海，与颉刚、伯祥两君结邻，偶然谈起此书，我始茫茫然若有所领会。颉刚的《雁来红丛报》本，伯祥的《独悟庵丛钞》本，都被我借来了。既有这么一段前因，自然重读时更有滋味。且这书确也有眩人的力，我们想把这喜悦遍及于读者诸君，于是便把它校点重印。"① 经俞平伯校点的版本，在现代文学史上广为流传。

承接上文，俞平伯又谈及书写的笔法："即如这书，说它是信笔写出的，固然不象（像）；说它是精心结撰的，又何以见得？这总是一半儿做着，一半儿写着的；虽有雕琢一样的完美，却不见一点斧凿痕。犹之佳山佳水，明明是天开的图画，然仿佛处处吻合人工的意匠。当此种境界，我们的分析推寻的技巧，原不免有穷时。此《记》所录所载，妙肖不足奇，奇在全不着力而得妙肖；韶秀不足异，异在韶秀以外竟似无物。俨如一块纯美的水晶，只见明莹，不见衬露明莹的颜色；只见精微，不见制作精微的痕迹。这所以不和寻常的日记相同，而有重行付印、令其传播得更久更远的价值。"②

1981 年，在《德译本〈浮生六记〉序》一文中，俞平伯又作阐发："夫自传非史。凡叙生平，终不免于己有所宽

① 俞平伯. 重刊浮生六记序［M］// 沈复. 浮生六记. 北京：人民文学出版社，1980：70.
② 俞平伯. 重刊浮生六记序［M］// 沈复. 浮生六记. 北京：人民文学出版社，1980：71-72.

雅俗日常

假。今于书中主人公之缺点曾不讳言（如惨园之事，二人并失，芸曲徇夫意，复之误为甚，即是一例），绰有余情，无惭直笔，斯则尤不可及也。以视安仁之悼亡，巢民之忆语，其宛转清新，犹觉后来居上。旷观文苑，应叹才难，域外流传，岂偶然哉!"①

自垂髫少年，至耄耋之岁，俞平伯对《浮生六记》终身不忍释卷；从域内中国，到西传海外，他为《浮生六记》在现代时期的出版传播做出了特别贡献。

《浮生六记》被付梓百余年来，一代代学者对其刊行、校注、译介、研究做出了孜孜不倦的努力，同时涵养了一大批深爱此书的读者。其中，不但有中国读者，也有外国书友。

而将《浮生六记》译为英文的林语堂，1936 年在《〈浮生六记〉序》一文中，对作者及作品表达了钦敬之心。

"三白，三白，魂无恙否？他的祖坟在苏州郊外福寿山，倘使我们有幸，或者尚可找到。果能如愿，我想备点香花鲜果，供奉跪拜祷祝于这两位清魂之前，也没什么罪过。在他们坟前，我要低吟 Maurice Ravel 的'Pavane'，哀思凄楚，缠绵悱恻，而归于和美静娴，或是长啸 Massenet 的'Melodie'，如怨如慕，如泣如诉，悠扬而不流于激越。因

① 俞平伯. 德译本《浮生六记》序［M］∥俞平伯全集：第三卷. 石家庄：花山文艺出版社，1997：488-489.

为在他们之前，我们的心气也谦和了，不是对伟大者，是对卑弱者，起谦恭畏敬，因为我相信淳朴恬退自甘的生活（如芸所说'布衣菜食，可乐终身'的生活），是宇宙间最美丽的东西。"①

林语堂的英译本大大提升了《浮生六记》在西方世界的影响力。在 1939 年的《〈浮生六记〉后记》一文中，林语堂写道："素好《浮生六记》，发愿译成英文，使世人略知中国一对夫妇之恬淡可爱生活。民廿四年春夏间陆续译成，刊登英文《天下月刊》及《西风月刊》。颇有英国读者徘徊不忍卒读，可见此小册入人之深也。余深爱其书，故前后易稿不下十次；《天下》发刊后，又经校改。兹复得友人张沛霖君校误数条，甚矣乎译事之难也。"② 林语堂的英译本，对《浮生六记》在西方的传播做出了开创性的贡献，具有拓荒性的意义。后来的其他外文译本与林语堂的译本多少都有些联系。"林语堂把他的《浮生六记》译成英文，已传诵环宇。"③

1990 年，《红楼梦学刊》第四辑刊登了奥尔德日赫·克拉尔的《〈红楼梦〉捷克文译本前言》，其中说到《浮生六

---

① 林语堂.《浮生六记》序 [M] //浮生六记. 苗怀明，译注. 北京：中华书局，2018：314-315.

② 林语堂.《浮生六记》后记 [M] //浮生六记. 苗怀明，译注. 北京：中华书局，2018：317.

③ 郑逸梅. 文苑花絮 [M]. 郑州：中州书画社，1983：96.

记》的捷克文 1956 年在布拉格出版。

《浮生六记》还有俄译本、法译本及日译本等。

这些不同语言的译本，进一步促进了《浮生六记》在西方的传播。由华夏域内到西传海外，《浮生六记》的魅力可见一斑。

第一章

夫

妻

婚姻是社会组织构成的基础，是夫妇伦常的发端。"男女嫁娶，结为夫妇，称曰婚姻。"① 婚姻以其特有的风俗、礼制、仪式、律例，体现着不同时代、国家、地区的经济、社会、文化等方面的特点。《周易·序卦》中写道："有天地然后有万物，有万物然后有男女，有男女然后有夫妇，有夫妇然后有父子，有父子然后有君臣，有君臣然后有上下，有上下然后礼义有所错。夫妇之道，不可以不久也，故受之以恒。"②《周易·序卦》把夫妇作为伦常的本源。《中庸》云："君子之道，造端乎夫妇；及其至也，察乎天地。"③《周易·序卦》与《中庸》都强调了夫妇为伦常的肇始。

婚姻是礼制规约下男女结合时一系列礼仪、制度的最终表现形式。不举办婚礼、不符合婚俗、不以正当途径聘娶的两性结合，不能称为婚姻。《礼记·昏义》云："昏礼者，礼之本也。"④ 男女到了一定的年龄，依据礼仪，根据一定的规范与程式，互相结合，成为夫妇，这是夫妻关系确立的开始，是婚姻家庭缔结的标志。因此，婚姻之道离不开嫁娶之礼，婚姻关系的核心就是夫妻关系，婚姻与夫妻的指称具

① 陈鹏. 中国婚姻史稿［M］. 北京：中华书局，2005：1.
② 周易［M］∥孟子，等. 四书五经. 北京：中华书局，2009：549.
③ 中庸［M］∥孟子，等. 四书五经. 北京：中华书局，2009：54.
④ 礼记［M］∥孟子，等. 四书五经. 北京：中华书局，2009：456.

有内涵的同质性与意义的趋同性。

家庭是社会的基本组织细胞与结构单元，夫妻则是家庭的基础构成与活动主体。《孟子·滕文公下》有文："丈夫生而愿为之有室，女子生而愿为之有家。"① 夫以妻为家，妻以夫为家，通过下聘迎娶、缔结婚姻得以实现。

那么，缔结婚姻的目的是什么？影响婚姻关系形成的关键因素又是什么？不同的社会发展阶段、国别、家族等有着不同的出发点。传统中国社会，传宗接代观念根深蒂固，承祧后嗣，续传血统，广大家族，成为婚姻缔结的首要大义。附着在婚姻关系之上的财富转移、两性爱情等，相比于繁衍子孙，反倒退居其次。这就使得在现实生活中，基于恋爱缔结的婚姻既为数不多，又弥足珍贵。受此影响，植根于特定时代、民族、文化等不同背景，尤其是中国传统封建社会土壤的文学作品，书写爱情题材特别是夫妻情爱的内容，在诗词描写中远非主流题材，即使写来也多侧面着墨，正面铺陈直叙的更是为数寥寥。除却诗词，在散文、小品文中，即使偶有涉及，亦篇章不多。若是有着纪实性的自传叙事体裁，对夫妻关系的书写更是笔不露锋，含蓄内敛，即便情深弥坚，爱意浓彻。可以说，热烈赤诚、无遮无拦的夫妻情感与情爱表达，在诗词、散文中均较为稀见。

---

① 孟子 [M] // 孟子，等. 四书五经. 北京：中华书局，2009：83.

第一节　少时钟情

正是由于中国古代文学中较为缺乏对夫妇相处生活的直接记述，三白笔下的书写更显珍贵。陈寅恪先生称《浮生六记》中的《闺房记乐》一卷，"为例外创作"。从青梅竹马，至夫妻笃深，再到天各一方后，三白仍对陈芸情意缠绵，感哀忆念。《浮生六记》为后世提供了一个夫妇和睦尊重、相恋相处的范本。

《浮生六记》广为读者喜欢的一个重要原因，离不开三白对夫妻情投意合、志趣一致的生活书写。三白开篇即写《闺房记乐》，既体现三白对夫妻生活的轸念，也体现其对中国古代文学写作传统的继承。

"有天地然后有万物，有万物然后有男女，有男女然后有夫妇，有夫妇然后有父子。"《周易》指出的是，万物本于天地，人伦发端于夫妇。"天地为万物之始，夫妇为人伦之始，由此始有父子之亲，君臣之分，上下之义，而构成社会国家之集体，此又往时学者之通论。……陆贾《新语》曰：'于是先圣仰观天文，俯察地理，图画乾坤，以定人道，民始开悟，知有父子之亲，夫妇之道，长幼之序。'夫妇既为人伦之始，《诗》遂以《关雎》为首，用之乡人，用之邦国，所以风天下而正夫妇，亦即家齐而后国治之意。"①

经书的经典说法与学者的研究通论，对通过别男女、定人道的礼仪伦常观念是一致的。《周南·关雎》是一首情诗，《诗经》把它编在第一篇，既是对"食色，性也"人性中自然属性基本要求的反映，更是对夫妇为人伦之始、婚姻为万事起点的认同。"因思《关雎》冠三百篇之首，故列夫妇于首卷；余以次递及焉。"② 三白可谓继承了《诗经》的传统，与之一脉相通。

> 余生乾隆癸未冬十一月二十有二日，正值太平盛世，且在衣冠之家，居苏州沧浪亭畔，天之厚我可谓至矣。③

此为《浮生六记》起笔之句。乾隆癸未为乾隆二十八年，即 1763 年。三白幼时与金沙于氏订婚，于氏八岁夭折，后娶陈氏。

> 陈名芸，字淑珍，舅氏心余先生女也。生而颖慧，学语时，口授《琵琶行》即能成诵。四龄失

① 陈顾远. 中国婚姻史 [M]. 北京：商务印书馆，2014：11-12.

② 沈复. 浮生六记 [M]. 北京：人民文学出版社，1980：1.

③ 沈复. 浮生六记 [M]. 北京：人民文学出版社，1980：1.

怙；母金氏，弟克昌，家徒壁立。芸既长，娴女红，三口仰其十指供给，克昌从师修脯无缺。一日，于书簏中得《琵琶行》，挨字而认，始识字；刺绣之暇，渐通吟咏，有"秋侵人影瘦，霜染菊花肥"之句。[1]

陈芸为三白舅父心余先生的女儿，与三白为姑表之亲。清代，虽然初有"若取姑舅两姨姊妹者杖八十"的律例，但中表之婚，自古有之。帝王之家，汉武帝娶其姑姑家的陈阿娇为后，唐代长孙皇后的女儿长乐公主下嫁其母的内侄长孙冲，等等；官宦之家，宋代苏洵将自己的女儿嫁给内侄程之才等；庶民之家，表兄妹、表姊弟之间的定亲事例更多。有清一朝，中表不婚虽有官方规定，但中表之婚在民间几乎成为一种习俗，移风易俗并不容易，绝断终止更是困难。有关律例、诏谕的制度教化虽然清晰昭彰，但乡土中国在实际的日常生活中，总会找寻到一定的灵活处理方式，民间社会在婚姻方面的处理亦是如此。"中国婚姻礼制，历代相承，体例虽略有增删，原则初无更易，惟礼律繁文苛禁，往往与俗悬殊，且有适相反者。如礼无二嫡，而贾充置左右夫人，律禁有妻更娶，而唐户籍中有注二或事三妻者。不宁惟是，礼与律亦有相径庭者，如子妇无私货，无私畜，礼也，而汉

---

① 沈复. 浮生六记 [M]. 北京：人民文学出版社，1980：1.

律有弃妻俾所赍之文，此中国婚姻法制之又一特色也。"①
因此，民间的婚姻形态在律令的强制性规定中时有不同。后
来，清代又有"姑舅两姨姊妹未婚者，听从民便"的说辞，
到清末时直接废除。因此，三白与陈芸的姑表婚姻在当时有
着一定的社会基础。

因有姑舅之亲，三白与陈芸自小较为熟识，这对于陈芸
来说，进入婚姻的压力就小了许多。无论是面对未来的舅姑
还是丈夫，陈芸都不会太过陌生。而陈芸之父与三白之母之
间有着血亲关系，陈芸父母对未来的亲家更是熟稔。陈芸嫁
到姑姑家，这为婆媳的相处去除了相当程度上的陌生化阻
碍。同时，由于是亲戚关系，两家的走动自然免不了，陈芸
与表弟自少年时就较为熟悉。而三白，正是在母亲归宁时对
陈芸萌发出懵懂的爱意与初始的心动。于陈芸而言，婚后的
家庭生活，姑姑为婆婆，表弟为夫君，为她成妻、成妇，提
供了相对宽松融洽的空间和基础。

乾隆乙未年（1775），三白随同母亲去往舅家：

　　余年十三，随母归宁，两小无嫌，得见所作，
虽叹其才思隽秀，窃恐其福泽不深；然心注不能
释，告母曰："若为儿择妇，非淑姊不娶。"母亦

① 陈鹏. 中国婚姻史稿［M］. 北京：中华书局，2005：例
言 1.

雅俗日常

爱其柔和，即脱金约指缔姻焉。①

　　既两小无猜，慕其才名，又有姻亲之系，亲上加亲，三白遂对母亲表明心意。

　　三白母亲对自己的内侄女平常有所了解，"爱其柔和"，当即缔结婚约。

　　这次见面，从婚姻礼制上说，男女双方已经订婚，彼此已经取得了一定的身份。订婚虽然不是正式嫁娶，但却是结婚的必要前置要件。父母之命、媒妁之言，对于一桩婚姻而言是极其重要的。《诗经·齐风·南山》篇写道："蓺麻如之何？衡从其亩。取妻如之何？必告父母。既曰告止，曷又鞠止？析薪如之何？匪斧不克。取妻如之何？匪媒不得。既曰得止，曷又极止！"②父母之命更在媒妁之前。而男女的"非受币，不交不亲"，即是通过纳币约定婚约。三白母亲的"爱其柔和"与"脱金约指缔姻焉"，即是两家宣告婚约建立的有效形式。同时对于陈芸而言，与三白的儿时熟稔，姑母的喜爱，为自己的婚姻奠定了良好的基础。

　　同年冬天，遇着堂姐出嫁，三白再次去往舅家。这一次相见，陈芸给三白留下了深刻的印象。

　　①　沈复. 浮生六记 [M]. 北京：人民文学出版社，1980：1.
　　②　诗经 [M] // 孟子，等. 四书五经. 北京：中华书局，2009：152.

时但见满室鲜衣，芸独通体素淡，仅新其鞋而已。见其绣制精巧，询为己作，始知其慧心不仅在笔墨也。其形削肩长项，瘦不露骨，眉弯目秀，顾盼神飞，唯两齿微露似非佳相。一种缠绵之态，令人之意也消。①

"仅新其鞋"的装束，一方面说明了陈芸家的生活情境，另一方面可以看出陈芸对着装独特的审美观。喧闹出嫁之所，人声鼎沸之境，通体素淡的陈芸在人群中卓然而立。着眼外貌姿态，远观，着装素洁雅淡；近视，绣制精致细巧。三白赞叹，兰质慧心既见女红，又着笔墨。在三白笔下：

索观诗稿，有仅一联，或三四句，多未成篇者。询其故，笑曰："无师之作，愿得知己堪师者敲成之耳。"余戏题其签曰"锦囊佳句"……②

从三白的记述可知，陈芸既非出身官宦之门，也非绅衿之家。四岁就失去父亲，母亲和弟弟一家三口全靠陈芸十指供给，正是凭借刺绣、纺织、缝纫等女红，陈芸抚养家庭，

---

① 沈复. 浮生六记［M］. 北京：人民文学出版社，1980：2.
② 沈复. 浮生六记［M］. 北京：人民文学出版社，1980：2.

供弟弟克昌读书。

第二节　男女教育区别

在我国传统文化中，尤其是到了近世，具有一定经济基础的家庭，男子读书自然而然。这也是陈芸供养弟弟读书的社会环境。清代科举兴盛，男子读书应试，更是应有之义。由于竞争激烈，加上悟性禀赋、家庭环境等因素影响，科举之路并非坦途，即便世家望族，也难志在必得。一般士庶之家，读书即便不为举业仕途，但或为生存治家，已在男子中较为普及，尤其是江南经济较为繁庶，文化较之北方地区更为昌盛繁荣，也就更加重视诗礼教化。苏州一带的家训、祖范，常有对男子读书的规诫与要求，对男童读书亦都加以强调。

被后世奉为"治家之经"、由朱柏庐撰写的《治家格言》，世称《朱子家训》，对"读书"单列一节："读书须先论其人，次论其法。所谓法者，不但记其章句，而当求其义理；所谓人者，不但中举人进士要读书，做好人尤要读书。中举人进士之读书，未尝不求义理，而其重究竟只在章句；做好人之读书，未尝不解章句，而其重究竟只在义理。先儒谓：'今人不会读书，如读《论语》，未读时是此等人，读了后只是此等人，便是不会读'，此教人读书识义理之道也。要知圣贤之书，不为后世中举人进士而设，是教千万世做好人，直至于大圣大贤。所以读一句书，便要反之于身，我能如是否？做一件事，便要合之于书，古人是如何?"① 其中，虽未明白指出男子读书为必然之举，但是，"不但中举人进士要读书"，实则指明了读书的目的之一是科举入仕，显然指涉男性。而难能可贵的是，强调"做好人尤要读书"，延展了读书的价值和意义。

《东山金氏桐溪公家训》中有言："读书原不专为举业，希图出身。子弟中英敏可以上进者，固应使之力学，不宜暴弃。即资性迟钝者，也要教他明白道理，通达古今，庶知利害，学做好人，在商贾中亦自令人起敬。"②

《昆山王氏荫槐公家训十四条》"读书"一条规定："读书不可不认真也。……教小儿读书，笨者一师多则教一二人，聪明者教三四人。至作文，馆中以多为贵，可资观摩之益。吾子孙非下愚不得废书改业，盖喻利乃小人所为，必读书方能喻义，惟读书不可误，为时文料须期造圣贤之域。"③

① 王卫平，李学如. 苏州家训选编 [M]. 苏州：苏州大学出版社，2016：138.

② 王卫平，李学如. 苏州家训选编 [M]. 苏州：苏州大学出版社，2016：19.

③ 王卫平，李学如. 苏州家训选编 [M]. 苏州：苏州大学出版社，2016：167-168.

可见，以诗礼传家，强调子弟第一以读书为本，在苏州一带家训中为数不少。

相对于男子，女子读书在汉代及汉代以前，在家庭之外的教育是没有的。在古代，女孩子到了十岁，就要在闺房之内接受姆教。"女子十年不出，姆教婉娩听从，执麻枲，治丝茧，织纴组紃，学女事以共衣服，观于祭祀，纳酒浆笾豆菹醢，礼相助奠。"① 女子出嫁后在夫家，主要任务就是主中馈，操持家务。因此，所谓的姆教，主要分为两个方面：一是以供衣服穿用，包括执麻枲，治丝茧，学缝纫补缀，组紃，属于专门的女事；二是关于祭祀的，包括纳笾豆酒浆，学做腌菜、鱼酱肉酱等的菹醢，帮助准备祭祀之用的助奠，等等。因此，炊汲缝纫是女孩子必须学习的。相对于读书识字，当时社会对女子织绸布、主中馈、习针线、工女红的教育排位更在前列。

至于秦汉之际以经术儒学为专业的方士、儒生之家，父亲、兄长，或为书史，或治经学，家中女儿、妹妹跟学成才，出现了班昭、蔡琰等以学问名著天下的女子，可以说是教育中的例外。没有受过书史教育的女性，是占了极其大比例的。

至唐一代，教女习读偶有提倡。"李义山《杂纂》载有

---

① 礼记［M］∥孟子，等. 四书五经. 北京：中华书局，2009：362.

十则：一、习女工，二、议论酒食，三、温良恭俭，四、修饰容仪，五、学书学算，六、小心软语，七、闺房贞洁，八、不唱词曲，九、闻事不传，十、善事尊长。"① 其中对"学书学算"加以要求，可见女子读书在唐代是较为开放的。

宋司马光提倡女子读书，南宋真德秀记述司马光的话："女子六岁始习女工之小者；七岁始诵《孝经》《论语》；九岁为之讲解《论语》《孝经》及《列女传》《女诫》之类，略晓大义。注曰：古之贤女，无不观图史以自鉴。如曹大家之徒，皆精通经术，议论明正。今人或教女子以作歌诗，执俗乐，殊非所宜也。"②《家范》所列举的女子识读范围，亦不仅限于严格的女教，还是较为开明的，可对女子作歌诗并不赞成。

到了清代，妇女亦多不认字，对女童的教育尚未引起足够重视。但是，由于清代私塾、社学和族学的普及度较高，一般的家庭，即使不能或不为科举仕途，送自家、族家子弟入塾读书已经是较为普遍的社会现象，不但男子读书识文，女子念书习字也不鲜见。"男子教育的扩大，对推动女子的教学是有促进作用的，而清代妇女参加社会生产劳动机会的

---

① 陈东原. 中国妇女生活史［M］. 北京：商务印书馆，2015：92.

② 西山读书记：卷二十一　女子［M］//景印文渊阁四库全书：第705册. 台北：台湾商务印书馆，1982.

增多和经常参与家庭决策，也促进了对读书识字的要求。据美国学者罗斯基的估测，在 19 世纪以前，男子的识字率占总人口的 30%—45%，女子识字率占 2%—10%。"① 另一位汉学家曼素恩在其《缀珍录——十八世纪及其前后的中国妇女》一书中则对女性的写作现象进行了独到分析。她认为，康乾时期，"士族人家的父亲十分看重对女儿的适当教养。在盛清的江南地区，看来大多数的士人父亲都倾向让女儿接受教育"②。士大夫之家更是重视。"盛清时代的江南世家大族中，女孩从小就接受教育，并受到鼓励去写作诗歌，（如果具有特别的天赋，她们还会被鼓励去学习绘画和书法）直到出嫁。"③ 嘉庆初年，许夔臣辑选《香咳集》，收录妇女诗家 375 人。清道光甲辰（1844）年间，蔡殿齐编有《国朝闺阁诗钞》十卷，选入百名女子所作之诗，其中，袁枚的女弟子入选 9 人，她们分别为席佩兰、孙云凤、金逸、骆绮兰、王倩、廖云锦、陈长生、汪芦英、严蕊珠。这些女诗人或为人妻，或为人女，与其他女诗人一起创造了清代中期妇女文学的兴盛时代。作文赋诗，笔墨丹青，工于书法，题词善

① 郭松义. 中国妇女通史：清代卷［M］杭州：杭州出版社，2010：473.

② 曼素恩. 缀珍录：十八世纪及其前后的中国妇女［M］. 定宜庄，颜宜葳，译. 南京：江苏人民出版社，2005：104.

③ 曼素恩. 缀珍录：十八世纪及其前后的中国妇女［M］. 定宜庄，颜宜葳，译. 南京：江苏人民出版社，2005：105.

画,在世家大族的才情女子中并不罕见。至于女子受教育的目的,曼素恩认为:"许多政治家主张女性也应该接受教育,这是出于实用的考虑,因为她们需要帮助她们的儿子准备应考,另外也是出于道德的考虑,因为这些女性担任着教养下一代的责任。作为妻子和掌管家政的人物,女人同样需要道德的自主性。"①

除了世家大族,一般士人家庭对女性的教育也比较重视,尤其是在江南富庶之地。通常情况下,女子读书识字的教育主要是在家庭中进行的,父母常是孩子的启蒙老师,有些家庭也会请专门的女师授课。甚至有的家庭还将女子的教育列入家训、祖范、族规、家箴、家规、治家格言等进行训示、教诫,以劝谕或约束的方式要求女子接受教育。

家训特别提到女子也应接受教育的为数不少。例如,《苏州潘氏治家规约》:"凡男女至七岁,必入学肄习。就令家计贫乏,亦须具有高等小学程度,文理通顺,方可他图。如家人自能教育,虽髫龄可先行授课。"② 男女无别的读书要求,无疑大大提升了女子受教育的范围和水平。

《昆山王氏荫槐公家训十四条》"闺门宜严肃也"一条规诫:"平居只准看朱子《小学》《列女传》及经史,不得

---

① 曼素恩. 缀珍录:十八世纪及其前后的中国妇女 [M]. 定宜庄,颜宜葳,译. 南京:江苏人民出版社,2005:105.

② 王卫平,李学如. 苏州家训选编 [M]. 苏州:苏州大学出版社,2016:73.

看门市小说……"① 虽然规定了女子识读的范围，却对女子读书进行了提倡。

不过，相对于男子接受教育，女子读书在广泛性和深入性上与之仍有相当大的差距。那些为数更多的一般家庭的女子，读书便是更多地为着司马光所说的"略晓大义"，为未来更好地承担妻子和母亲的角色做好准备。

陈芸天姿聪慧，心灵手巧，娴于女红自是不在话下，如此才能十指勤勉不辍，给养母亲和弟弟。更为难得的是，陈芸自小丧父，家境困难，并未进入私塾或家塾习读文字。对于女孩子而言，家庭父母的言传身行、执教哺育就更为重要。《浮生六记》中未有叙述陈芸的识读经历，但是，陈芸"生而颖慧，学语时，口授《琵琶行》，即能成诵"，后于书箱中偶然发现《琵琶行》，竟然根据之前的背诵，"挨字而认，始识字。刺绣之暇，渐通吟咏"。陈芸四岁时父亲去世，其在学语时得父母口授指教应是常有之义，正是应了《苏州潘氏治家规约》中的"如家人自能教育，虽髫龄可先行授课"的规约。天资颖慧，父母执教，刻苦自学，是陈芸无师自通的吟咏才情之根基，因而其能吟出"秋侵人影瘦，霜染菊花肥"佳句也在情理之中。

而当三白于堂姐出嫁之日再次见到陈芸时，陈芸的雅致

---

① 王卫平，李学如. 苏州家训选编 [M]. 苏州：苏州大学出版社，2016：168.

着装，精于绣工，才使三白在陈芸的"渐通吟咏"之外，见识了她的另外一面，而感叹"始知其慧心不仅在笔墨也"。才情见于笔墨，女红显之裙裳，虽无华章彩服，亦有不俗韵致，三白的倾心不仅在俊貌颜色，更为才学所慕。

还是在堂姐出嫁这一天，三白叙述了另外一件事：

> 是夜送亲城外，返已漏三下，腹饥索饵，婢妪以枣脯进，余嫌其甜。芸暗牵余袖，随至其室，见藏有暖粥并小菜焉。余欣然举箸，忽闻芸堂兄玉衡呼曰："淑妹速来！"芸急闭门曰："已疲乏，将卧矣。"玉衡挤身而入，见余将吃粥，乃笑睨芸曰："顷我索粥，汝曰'尽矣'，乃藏此专待汝婿耶？"芸大窘避去，上下哗笑之。余亦负气，挈老仆先归。①

此段叙述颇有情趣，牵袖至室的心心相印，暗藏暖粥的体贴温柔，欣然举箸的幸福拥有，虽为堂兄挤身入门不期巧遇所打断，但堂兄的揶揄，陈芸的窘迫躲避，上下的哗然而笑，从外人与当事人的角度，于侧面描写、正面描写的结合中，反衬出少男少女之间内心的甜蜜情思、羞赧的萌动初心与暗暗相恋的情愫。这一年，为乾隆乙未年（1775）。据

① 沈复. 浮生六记 [M]. 北京：人民文学出版社，1980：2.

《浮生六记》三白自述，自己生于"乾隆癸未冬十一月二十有二日"，即乾隆二十八年（1763）十一月二十二日，"芸与余同齿而长余十月"。乾隆乙未年七月十六日，三白跟随母亲到舅家，钟情表姊陈芸，母亲"即脱金约指缔姻焉"，订下婚约。这一年，三白十三岁。

三白与陈芸，青梅竹马，少时钟情，可以说拥有基于爱情之上的婚姻，无论是相对于当时礼教闺约严格的时代，还是被封建家长专制中裹挟的个人，都是幸福、稀见且珍贵的。或许，这是三白提笔书写《浮生六记》的缘由之一吧。

第三节　伉俪情笃

三白与陈芸订婚五年后结为夫妇。

至乾隆庚子正月二十二日花烛之夕，见瘦怯身材依然如昔，头巾既揭，相视嫣然。合卺后，并肩夜膳，余暗于案下握其腕，暖尖滑腻，胸中不觉怦怦作跳。让之食，适逢斋期，已数年矣。暗计吃斋之初，正余出痘之期，因笑谓曰："今我光鲜无恙，姊可从此开戒否？"芸笑之以目，点之以首。①

新婚宴尔，灯残人静：

> 遂与比肩调笑，恍同密友重逢。戏探其怀，亦
> 怦怦作跳，因俯其耳曰："姊何心春乃尔耶？"芸
> 回眸微笑，便觉一缕情丝摇人魂魄；拥之入帐，不
> 知东方之既白。②

自此，有情人终成眷属。卿卿我我，耳鬓厮磨，琴瑟相
鸣，夫妻唱和，三白笔下的新婚生活充盈着闲情雅致，心意
相通的伉俪步入人生新的历程。然而，人生怎可能一路坦
途？美好的爱情在此后演绎着一幕幕悲欢离合。

一、三白夫妇与明诚夫妇

三白婚前，其父亲沈嫁夫在浙江绍兴赵明府处做幕宾。
赵明府延请了杭州的赵省斋先生教子读书，三白父亲便让三
白"受业于武林赵省斋先生门下。先生循循善诱，余今日之
尚能握管，先生力也"③。归家完姻时，就订好婚事完结后

① 沈复. 浮生六记 [M]. 北京：人民文学出版社，1980：2.
② 沈复. 浮生六记 [M]. 北京：人民文学出版社，1980：3.
③ 沈复. 浮生六记 [M]. 北京：人民文学出版社，1980：3.

即跟随父亲继续到杭州从赵省斋先生学习。新婚宴尔，蜜月倏尔即逝，三白得到父亲来信：

> 心甚怅然，恐芸之对人堕泪，而芸反强颜劝勉，代整行装。是晚但觉神色稍异而已。临行，向余小语曰："无人调护，自去经心！"①

而三白此去，反应较陈芸则要激烈得多。

> 及登舟解缆，正当桃李争妍之候，而余则恍同林鸟失群，天地异色。到馆后，吾父即渡江东去。居三月如十年之隔。芸虽时有书来，必两问一答，半多勉励词，余皆浮套语，心殊快快。每当风生竹院，月上蕉窗，对景怀人，梦魂颠倒。先生知其情，即致书吾父，出十题而遣余暂归，喜同戍人得赦。②

离家后，恍同林鸟失群的孤独，天地异色的忧郁，心殊快快的怅惘，对景怀人的思念，梦魂颠倒的牵挂，使得三月

---

① 沈复. 浮生六记 [M]. 北京：人民文学出版社，1980：3.
② 沈复. 浮生六记 [M]. 北京：人民文学出版社，1980：3-4.

之别恍如十年之隔。幸得赵省斋先生知情后告知三白父亲，三白得以暂时归家探亲。

返程时，三白那迫不及待的归家之心似已穿透纸面：

> 登舟后，反觉一刻如年。及抵家，吾母处问安毕，入房，芸起相迎，握手未通片语，而两人魂魄恍恍然化烟成雾，觉耳中惺然一响，不知更有此身矣。①

心有灵犀，情系彼此，默默无声处，却于内心激荡着万语千言；握手而见，四目相对，眼眸凝凝时，却藏有勾魂摄魄的爱恋。真是恍然不知非客身，竟然忘却身心，一时难分他乡自家，寥寥数语道尽了新婚小别的姜姜别情。如此的琴瑟相和，相爱好合，成就了夫妻深情的佳话，谱写了伉俪浓意的篇章。

陈毓罴先生评价道："古代散文中承袭李清照《〈金石录〉后序》之写作传统而又能对夫妇之家庭生活展开描写的，唯有沈三白的《浮生六记》。"②

赵明诚与李清照于建中辛巳（1101）成婚，三白夫妇

---

① 沈复. 浮生六记 [M]. 北京：人民文学出版社，1980：4.
② 陈毓罴.《浮生六记》研究 [M]. 北京：社会科学文献出版社，2012：自序2.

成婚于 1780 年，穿越 680 年的时空间隔，两对夫妻在家庭生活中的相亲、相处之道，有着穿透历史尘烟的一些共同点。

来看看赵明诚与李清照夫妇的新婚之别。

明诚与易安结发不久，明诚出游。离别之际，易安在一块锦帕上写下《一剪梅》一词，赠送明诚。

> 红藕香残玉簟秋。轻解罗裳，独上兰舟。云中谁寄锦书来，雁字回时，月满西楼。
>
> 花自飘零水自流。一种相思，两处闲愁。此情无计可消除，才下眉头，却上心头。

离别后，易安又写了《醉花阴》一词再赠明诚。

这期间还有一段夫妻斗词的佳话。明诚收到易安的词后，心想作词要胜过易安一筹，于是谢绝一切来客，经过三日三夜的废寝忘食，作了五十多首。为了显示公平，他把易安所作的也抄写了进去，呈给好友陆德夫阅读。德夫仔细揣摩，说有三句真是绝佳。明诚问之，德夫说："莫道不消魂，帘卷西风，人比黄花瘦。"这三句恰是易安所作。全词为：

> 薄雾浓云愁永昼，瑞脑消金兽。佳节又重阳，玉枕纱厨，半夜凉初透。
>
> 东篱把酒黄昏后，有暗香盈袖。莫道不消魂，帘卷西风，人比黄花瘦。

明诚终究未能胜过易安。这一收录在《苕溪余隐丛话》中的逸事，透见了赵明诚、李易安夫妇的才学之高与爱慕之深。

赵、李两家都是望族。李清照之父李格非官至礼部员外郎，母亲是状元王拱辰的孙女，夫妇二人都极擅长文章作法。易安自小沐浴其中，幼教极好，才华早已逾越同辈。赵明诚的父亲赵挺之后来更是拜尚书右仆射，官至丞相。两家联姻，李清照十八岁嫁给太学生赵明诚。

陈芸与三白成婚时，也是十八岁。三白虽然生在衣冠之家，父亲以做幕宾养家。《浮生六记》中三白"所愧少年失学"，不见三白入社学做童生的记载。

赵明诚、李易安成婚，纵然偶有不和摩擦，夫妻依然恩情深厚。三白、陈芸成家，夫妻之间的恩爱一如深海。两对夫妻，各自的结合可以说是门当户对。虽然所处社会时代与家庭环境不同，但无论是明诚夫妇的以词传情，还是三白夫妇的书信致安，新婚别离的情感表达都有着俘获人心的共同力量，传达出普遍人性和人类共有的恒久的美好情感——爱情的魅力价值。

赵明诚酷好金石书画，所著三十卷《金石录》成为后世学人考证者所珍视的扛鼎之作。明诚自己曾作《金石录序》，后易安作《金石录后序》，叙及夫妻恩爱及所经变故，使得后人得以窥见明诚两夫妻俩的两情相悦，更成为后世艳羡的美好夫妻生活范本。

在《金石录后序》中，易安叙述婚后生活：

> 赵、李族寒，素贫俭。每朔望谒告出，质衣取半千钱，步入相国寺，市碑文果实归，相对展玩咀嚼，自谓葛天氏之民也。

> 后二年，出仕宦，便有饭蔬衣练，穷遐方绝域，尽天下古文奇字之志。日就月将，渐益堆积。丞相居政府，亲旧或在馆阁，多有亡诗逸史，鲁壁汲冢所未见之书。遂尽力传写，浸觉有味，不能自已。后或见古今名人书画、一代奇器，亦复脱衣市易。尝记崇宁间，有人持徐熙牡丹图，求钱二十万。当时虽贵家子弟，求二十万钱，岂易得耶？留信宿，计无所出而还之。夫妇相向惋怅者数日。

> 后屏居乡里十年，仰取俯拾，衣食有余。连守两郡，竭其俸入以事铅椠。每获一书，即同共勘校，整集签题。得书、画、彝、鼎，亦摩玩舒卷，指摘疵病，夜尽一烛为率。故能纸札精致，字画完整，冠诸收书家。①

赵明诚和李清照，所处阶层相同，知识兴趣相近，彼此

---

① 孔祥秋. 李清照词传［M］. 西安：太白文艺出版社，2020：218.

爱慕。为人妻的易安已经超脱出传统夫妇相处的道德训诫，顺从、依附、卑下、恭敬的妻子形象，在《金石录后序》难觅影迹。此外，与"夫者，天也，可不务也"的教导训言也有着相当程度的背离和逸脱。在日常的夫妻生活中，二人基于收藏金石作品的异常嗜好，对历史文物与艺术作品的痴迷深情，基于精神层面的交流和知识追求的同怀志趣，格外亲密地拉近了夫妻之间的距离，增进了夫妻的感情。

易安亦记述茶余饭后的休闲：

> 余性偶强记，每饭罢，坐归来堂烹茶，指堆积书史，言某事在某书某卷第几页第几行，以中否角胜负，为饮茶先后。中即举杯大笑，至茶倾覆怀中，反不得饮而起。[①]

即便是娱乐放松，也与指点文字有关。赵明诚的提问，李清照的作答，饮茶的处罚，举杯的欢愉，大笑的肆意，字字句句体现婚姻生活的绮丽与快意，真是令人钦羡的伉俪。

而在三白夫妇，另一番的生活场景，则不吝纸墨，见之书页。

---

① 孔祥秋. 李清照词传［M］. 西安：太白文艺出版社，2020：218.

因暑罢绣，终日伴余课书论古，品月评花而已。芸不善饮，强之可三杯，教以射覆为令。自以为人间之乐，无过于此矣。①

在沧浪亭爱莲居西间壁居住的时候，是三白夫妇清闲欢畅的一段时光。板桥内有一间轩室临水，三白因名此处"我取轩"。在这里，夫妻品书论文，赏月评花，把酒行令。三白自言"人间之乐，无过于此矣"。

一日闲来，芸问："各种古文，宗何为是？"② 三白论匡衡、刘向、韩愈、司马迁、班固、柳宗元、欧阳修、三苏、贾谊、董仲舒、庾信、徐陵、陆贽等所作之文，言"取资者不能尽举，在人之慧心领会耳"③。芸认为，古文识高气雄，女子学习入门较难，唯诗之一道，自己稍有领悟耳。

于是三白问："唐以诗取士，而诗之宗匠必推李、杜。卿爱宗何人？"④

芸发议曰："杜诗锤炼精纯，李诗潇洒落拓；与其学杜之森严，不如学李之活泼。"⑤

① 沈复. 浮生六记 [M]. 北京：人民文学出版社，1980：4.
② 沈复. 浮生六记 [M]. 北京：人民文学出版社，1980：4.
③ 沈复. 浮生六记 [M]. 北京：人民文学出版社，1980：4.
④ 沈复. 浮生六记 [M]. 北京：人民文学出版社，1980：4.
⑤ 沈复. 浮生六记 [M]. 北京：人民文学出版社，1980：4.

三白再问："工部为诗家之大成，学者多宗之，卿独取李，何也?"[①]

芸曰："格律谨严，词旨老当，诚杜所独擅；但李诗宛如姑射仙子，有一种落花流水之趣，令人可爱。非杜亚于李，不过妾之私心宗杜心浅，爱李心深。"[②]

之后再论及李太白、白居易、司马相如，夫妇二人多次"相与大笑"[③]。

在三白夫妇的我取轩论文中，夫妇二人你来我往的问答，嬉笑言谈，与赵明诚李清照夫妇的饭后谈资、茶覆怀中，情景何其相似！

其后，三白对夫妇二人美好生活的叙述较《金石录后序》更为丰富。

这年七夕之夜，夫妇二人同拜天孙：

> 是年七夕，芸设香烛瓜果，同拜天孙于我取轩中。余镌"愿生生世世为夫妇"图章二方；余执朱文，芸执白文，以为往来书信之用。是夜月色颇佳，俯视河中，波光如练，轻罗小扇，并坐水窗，仰见飞云过天，变态万状。芸曰："宇宙之大，同此一月，不知今日世间，亦有如我两人之情兴否?"

---

① 沈复. 浮生六记 [M]. 北京：人民文学出版社，1980：4.
② 沈复. 浮生六记 [M]. 北京：人民文学出版社，1980：4.
③ 沈复. 浮生六记 [M]. 北京：人民文学出版社，1980：5.

余曰："纳凉玩月，到处有之。若品论云霞，或求之幽闺绣闼，慧心默证者固亦不少；若夫妇同观，所品论者恐不在此云霞耳。"①

七月十五，夫妻邀月小酌：

七月望，俗谓之鬼节。芸备小酌拟邀月畅饮，夜忽阴云如晦。芸愀然曰："妾能与君白头偕老，月轮当出。"余亦索然。但见隔岸萤光明灭万点，梳织于柳堤蓼渚间。余与芸联句以遣闷怀，而两韵之后，逾联逾纵，想入非夷，随口乱道。芸已漱涎涕泪，笑倒余怀，不能成声矣，觉其鬓边茉莉浓香扑鼻，因拍其背以他词解之曰："想古人以茉莉形色如珠，故供助妆压鬓，不知此花必沾油头粉面之气其香更可爱，所供佛手当退三舍矣。"芸乃止笑曰："佛手乃香中君子，只在有意无意间；茉莉是香中小人，故须借人之势，其香也如胁肩谄笑。"余曰："卿何远君子而近小人。"芸曰："我笑君子爱小人耳。"②

①　沈复. 浮生六记［M］. 北京：人民文学出版社，1980：5-6.

②　沈复. 浮生六记［M］. 北京：人民文学出版社，1980：6.

之后，情笃意深在《闺房记乐》中处处可见。

中秋节同游沧浪亭，"俗虑尘怀，爽然顿释"①。

每年春日，三白挈芸拜扫位于西跨塘福寿山祖茔之侧的堂伯父之墓。

为来世重续姻缘，再做夫妻，芸说："世传月下老人专司人间婚姻事，今生夫妇已承牵合，来世姻缘亦须仰借神力，盍绘一像祀之？"② 于是三白请苕溪善写人物的戚柳堤，画了一幅月下老人像："一手挽红丝，一手携杖悬姻缘簿，童颜鹤发，奔驰于非烟非雾中。"③

迁仓米巷，三白将自己所住的楼命名为"宾香阁"，"盖以芸名而取如宾意也"④，取名中既有芸的名字的内涵，又把夫妇相敬如宾之意暗含其中。

他年七月，在元末张士诚王府废基避暑。于是，绿树成荫的夏日，蝉鸣聒耳的暑天，夫妇二人柳荫深处垂钓，土山仰观晚霞夕照，随意自在联诗吟句。日落之后，听虫声嘶鸣，就月光对酌，微醺而吃饭。"浴罢则凉鞋蕉扇，或坐或卧，听邻老谈因果报应事。三鼓归卧，周体清凉，几不知身居城市矣。"⑤ 夫妇之间惬意安闲，和睦悠然，意气相通。

① 沈复. 浮生六记 [M]. 北京：人民文学出版社，1980：7.
② 沈复. 浮生六记 [M]. 北京：人民文学出版社，1980：10.
③ 沈复. 浮生六记 [M]. 北京：人民文学出版社，1980：10.
④ 沈复. 浮生六记 [M]. 北京：人民文学出版社，1980：10.
⑤ 沈复. 浮生六记 [M]. 北京：人民文学出版社，1980：11.

以至于回望书写时，陈芸已撒手人寰，三白忆人伤情，睹景念旧，不由发出"今即得有境地，而知己沦亡，可胜浩叹"① 的哀感喟叹！

为弥补陈芸身为女子游水仙庙的遗憾，三白建议陈芸女扮男装。改装后，"芸揽镜自照，狂笑不已。余强挽之，悄然径去。遍游庙中，无识出为女子者"②。

万年桥下，三白、陈芸待月对酌，与船家女畅怀同饮，以至于几天之后，被友人鲁半舫之妻鲁夫人误认为三白与两个妓女于万年桥舟中饮酒。

至于对待字画，陈芸更是心心系之念之：

> 而于破书残画反极珍惜。书之残缺不全者，必搜集分门，汇订成帙，统名之曰"断简残编"；字画之破损者，必觅故纸粘补成幅，有破缺处，倩予全好而卷之，名曰"弃余集赏"。于女红中馈之暇，终日琐琐不惮烦倦。芸于破筐烂卷中，偶获片纸可观者，如得异宝。旧邻冯妪每收乱卷卖之。③

其中因由，只在夫妇嗜好相同。三白善作画，对字画的

---

① 沈复. 浮生六记 [M]. 北京：人民文学出版社，1980：11.
② 沈复. 浮生六记 [M]. 北京：人民文学出版社，1980：12.
③ 沈复. 浮生六记 [M]. 北京：人民文学出版社，1980：9.

癖好自是常理、常举。陈芸则深深理解丈夫三白作为文人对字画的珍念和爱惜。于是，分门别类归置，汇订成册整理，破损字画粘补，无论是"断简残编"，还是"弃余集赏"，"于女红中馈之暇，终日琐琐不惮烦倦。芸于破笥烂卷中，偶获片纸可观者，如得异宝"①。

由此，三白言："其癖好与余同；且能察眼意，懂眉语，一举一动，示之以色，无不头头是道。"②

于琴瑟和鸣的日常生活中，夫妻二人在精神层面的交流，达至了然无痕无须多言自能情意相通心领神会的层面。

"鸿案相庄廿有三年，年愈久而情愈密。"③ 这是三白对自己婚姻生活的定语。"久""密"二字，点画出伉俪的至爱真谛。三白记闺房之乐，大胆真挚，浓淡相宜，乐而不淫，其中洋溢着写作者深刻体察的最深沉的爱意、真意、美意，彰显出下层文人士子对于爱情、婚姻、家庭最美丽的生活态度和最美好的诗意追求。

赵明诚与李清照，三白与陈芸，一为宋代的官宦家庭，一为清代的寒士之家，两对不同的夫妻，身处不同的时代，却于夫妻相处中，可见着婚姻的共同伦理，家庭的生活状态，有着较为一致的婚姻理念。对甜蜜爱情和美好婚姻的向

① 沈复. 浮生六记 [M]. 北京：人民文学出版社，1980：9.
② 沈复. 浮生六记 [M]. 北京：人民文学出版社，1980：9.
③ 沈复. 浮生六记 [M]. 北京：人民文学出版社，1980：5.

往和追求、实践和体认，无论是身处其中的情深笃定，还是置身事外的异见流俗，在传统中国社会，都是较为稀见的夫妇相处的状态。正因此，这种理想的婚姻状态，也成为观照夫妇相处的典型案例和可贵样本。

陈毓罴先生则认为："沈三白和陈芸夫妇，都富有艺术家的气质，志趣相投，感情极融洽，且互相尊重彼此的个性和人格，追求一种布衣蔬食又充满雅趣的生活，甘苦与共，患难相济，足为今人之楷模。"①

朱文通在《〈浮生六记〉琐谈》一文中，谈到其师来新夏先生对《浮生六记》的评论："《金石录后序》不仅记录了赵李家世、生平和夫妇搜访古器图籍的活动，还描述了夫妇间的闺房情趣。所记格调高雅，不同流俗，即如久为人知的《浮生六记》，虽细腻有致，但失之纤巧，不过小家儿女；《后序》则落落大方，自有大家风范。"② 是的，在对三代彝器及汉唐以来石刻的集古辑编等方面，三白夫妇不可与赵明诚夫妇比肩而论。三白"是个习幕经商的人，不是什么斯文举子。偶然写几句诗文，也无所存心"③；而赵明诚是

---

① 陈毓罴. 陈毓罴.《浮生六记》研究［M］. 北京：社会科学文献出版社，2012：自序3.

② 朱文通.《浮生六记》琐谈［J］. 江淮文史，2011（4）：167.

③ 俞平伯. 重刊浮生六记序［M］∥沈复. 浮生六记. 北京：人民文学出版社，1980：70-71.

历史上著名的金石藏家与中举学人。陈芸仅为平凡女子，李易安则为词中大家；若以才学著述存世，二人亦不可相提并论。但是，夫妻的谐调和乐、雅兴雅趣，在某些方面有着一致性。

更难能可贵的是，"据说赵明诚赞李清照'亦妻亦师亦友'"①。同样，在三白眼里，陈芸不仅仅是永结同心、琴瑟唱和的理想妻子，更是自己理想的闺中知己与难觅良友，这体现了三白个性中的民主平等思想。陈芸非有才女之才、美人之貌，算不得绝才佳人，甚至"两齿微露，似非佳相"，但是三白更为眷念的，则是夫妇二人的知己之感。

二、良友知己

五伦之中夫妇一伦，强调妻子对丈夫的服从、顺应、恭敬，丈夫视妻子为知己，行行重行行，惺惺惜惺惺，实在最为难得。"音实难知，知实难逢，逢其知音，千载其一乎？"②同性朋友尚且千载难逢一知音，何况对于从属于夫的妻子？

刚刚新婚，三白作为新舅，送姐姐出嫁。凌晨归来，"遂与比肩调笑，恍同密友重逢"③。

---

① 赵园. 家人父子：由人伦探访明清之际士大夫的生活世界[M]. 北京：北京大学出版社，2015：57.

② 刘勰. 文心雕龙[M]. 郑州：中州古籍出版社，2008：448.

③ 沈复. 浮生六记[M]. 北京：人民文学出版社，1980：3.

王府废基避暑之年，九月菊开满地，夫妇重游旧地，小居十日。美景良辰，赏菊秋游：

> 芸喜曰："他年当与君卜筑于此，买绕屋菜园十亩，课仆妪，植瓜蔬，以供薪水。君画我绣，以为诗酒之需。布衣菜饭可乐终身，不必作远游计也。"余深然之。今即得有境地，而知己沦亡，可胜浩叹！①

当日夫妇携手耕读的田园畅想，布衣饭菜的快乐遥想，该是多么惬意的一幅自乐喜乐图画！昔日"耳鬓相磨，亲同形影，爱恋之情有不可以言语形容者"②，今则时过境迁，景在人亡，佳人难觅，知己再无，三白一句"而知己沦亡，可胜浩叹"，道出深铭于心的悲怆依恋与深刻怀念！

沧海桑田的变换，穿透岁月的时光，吞噬了鲜活的躯体，湮没了看得见的容颜，雕饰着光阴，冲刷着记忆，却难以腐蚀你我彼此的情感，风雅佳偶的故事已使读者萦怀，更何况"顾盼神飞"蕙心兰质的闺中密友！

当陈芸香消玉殒，气绝于世，穷苦困顿的家庭，竟无以礼安葬之银。

① 沈复. 浮生六记 ［M］. 北京：人民文学出版社，1980：11.
② 沈复. 浮生六记 ［M］. 北京：人民文学出版社，1980：3.

当是时，孤灯一盏，举目无亲，两手空拳，寸心欲碎。绵绵此恨，曷其有极！承吾友胡肯堂以十金为助，余尽室中所有，变卖一空，亲为成殓。呜呼！芸一女流，具男子之襟怀才识。归吾门后，余日奔走衣食，中馈缺乏，芸能纤悉不介意。及余家居，惟以文字相辩析而已。卒之疾病颠连，赍恨以没，谁致之耶？余有负闺中良友，又何可胜道哉！奉劝世间夫妇，固不可彼此相仇，亦不可过于情笃。语云"恩爱夫妻不到头"，如余者，可作前车之鉴也。①

结婚之初，三白即得密友，逢知己；芸赴黄泉，三白有负闺中良友。夫妇婚后同心同德，互相尊重，共力患难，琴瑟相鸣，佳偶唱和，品位与教养的彼此匹配，才智与家境的门户相当，固然是奠定和谐婚姻的基础，但是彼此今世珍惜的由衷行为、来世期念的许诺期待，君子淑女的琴瑟友之，夫子妻子的相知心知，更有夫妻之间的"义以和亲，恩以好合"②，从来都不是轻而易举、唾手可得的，更谈在礼教谨

---

① 沈复. 浮生六记 [M]. 北京：人民文学出版社，1980：34.
② 班昭，吕坤. 女诫闺范译注 [M]. 黄冠文，宋婕，译注. 上海：上海古籍出版社，2020：21.

严、闺诫肃严的传统社会。

归有光有诗："古风妻似友，佳话母为师。"本是最为亲近的夫妻，在君臣、父子、兄弟、夫妇、朋友五种人伦关系之中，因着"夫为妻纲"，反而最缺乏平等、平易、私密的相处之道。在"三纲五常"的规范中，妻子居于从属地位。

其他伦常，如大臣与君主，若纵横捭阖，及家国天下，则"以天下之事，则君之师友也"。而"父义母慈，兄友弟恭"也是尽可提倡的教化之方。由是看来，臣可为友，兄可为友，而唯夫妻，如兼具朋友之义，常稀缺罕见。偶有所见，也多在文人、名士、大儒之间。

茅坤说妻子："予所共结发而床第者四十五年，未尝不师且友之。"①

叶绍袁记妻子："我之于君，伦则夫妇，契兼朋友。"②

孙奇逢祭妻文有："尔虽吾妻，实吾友也。"③

坦诚直述，视妻子为朋友，乃至良友，虽然时见士大夫表述，但仍然不是较为广泛的社会现象。

汉学家伊沛霞将传统中国社会中深情相爱的夫妻称为"伴侣型婚姻"。她在考察宋代夫妻恩爱的婚姻景象时说：

---

① 茅坤. 茅坤集［M］. 杭州：浙江古籍出版社，1993：702.

② 叶绍袁. 午梦堂集［M］. 北京：中华书局，1998：211.

③ 孙奇逢. 夏峰先生集［M］. 北京：中华书局，2004：378.

"传记资料经常把理想的夫妻关系最明显的特征描写成十分内敛和相敬如宾。那种对待丈夫像朋友一样，每天结束时告诉他自己做了什么的妻子，并没有受到传记作者的尊敬；相反，他们表扬那种不妨害丈夫的尊严，不用琐事打扰他，即便结婚几十年以后对他还像'待客'一样的妻子。"① 伊沛霞以李清照和赵明诚为伴侣型婚姻的典型案例。"李清照和赵明诚的重要性不仅在于他们代表伴侣型夫妇关系，还在于他们激发了人们的想象力。各种因素都不利于已婚妇女发展天才，但人们仍然可以从李赵二人身上看见一种另类的理想型即夫妻间的知识性联系。"②

　　另一位汉学家高彦颐，则称之为伙伴式婚姻。其研究视野更集中地聚焦在明末清初的江南才女文化，从其中发掘研究伙伴式婚姻的表现形态。高彦颐谈道："通过'伙伴式婚姻'，我谈的是有知识的、琴瑟和谐的夫妻组合，他们相互间充满尊重和喜爱。夫妇过分亲密，便会对大家庭的人伦秩序造成威胁，因此是不被儒家伦理认可的。在中国，婚姻生活从来就不是简单的两人间的事情。江南上层人家的夫妻关系，要放在宗族构成和地方公有秩序重构的背景下理解。只要通婚联盟仍是上流家庭控制地方社会谋略的关键，那么，

　　① 伊沛霞. 内闱：宋代妇女的婚姻和生活［M］. 胡志宏，译. 南京：江苏人民出版社，2022：202.
　　② 伊沛霞. 内闱：宋代妇女的婚姻和生活［M］. 胡志宏，译. 南京：江苏人民出版社，2022：207.

夫妻间的幸福就只能是既定事实后的一个意外惊喜，这一点是夫妇二人都无法控制的。"①"意外惊喜"，暗含了夫妻幸福生活的可遇而不可求。

正如赵园所说："这种知己之感，闺中最为难得。却也仍然以不但同心、共患难，且谐琴瑟、能唱和，更合于理想。理想的文人妇，应当美而慧，禀赋优异，与其夫有同样精致的品位，教养与才智相当。"②"这种知己之感"成就的理想婚姻，也与伊沛霞所说的"另类的理想型即夫妻间的知识性联系"、高彦颐所说的"伙伴式婚姻关系"异曲同工。

伴侣型婚姻或伙伴式婚姻，较多出现在上层士大夫的家庭之间，是士族家庭女性受教育程度的提高、金童玉女婚配体系下的门当户对、江南一带文化繁荣的浸染化育等多个因素共同作用的表现。通于经文书算，笔下佳言妙章，是为才女。能娶到有才、德、貌兼之的闺中良伴，拥有才华、贤德皆具的妻子，既可持家有方，又能赋诗唱和，也成为男性渴望的一种婚姻理想。"在这种婚姻中，男性和妻子是和谐相处的，尽管很少是平等的；还有就是'彩凤与乌鸦'之配。

① 高彦颐. 闺塾师：明末清初江南的才女文化［M］. 李志生，译. 南京：江苏人民出版社，2022：253.
② 赵园. 家人父子：由人伦探访明清之际士大夫的生活世界［M］. 北京：北京大学出版社，2015：56.

两者都不代表婚姻制度的变化。"①

从中外学者对伴侣型婚姻或伙伴式婚姻的理想婚姻状态的不同研究视角，我们可以大略窥见传统乡土中国夫妻相处的不同样态，其中"妻似友"的婚姻样态，虽然在上层文士中多有呈现，但依然较为稀见珍贵。

传统中国社会，儒家意识形态对夫妻处室，尤其是处内室，强调提倡多恪守伦理规范。《诗经·大雅·思齐》有诗句："刑于寡妻，至于兄弟，以御于家邦。"② 夫妻之间相处的"刑于"，指的是以礼法对待。《思齐》是一首歌颂祖德的诗，歌颂了周代三位女性祖先太姜、太任、太姒的品德。可见，君王圣贤，把夫妻伦常，作为化原本源，"御于家邦"发轫于"刑于寡妻"。一代大儒刘宗周，记述自己的父亲与母亲相处时，即是"刑于寡妻"。"其父刘坡与其母相处'素庄'，'无故不昼处于内，见烛乃入，即内处亦无不冠不履'。其时子女育于奶妈，刘宗周父'未尝手授提抱'，必自其母'转相接'。而刘氏的母亲则'居恒自操女红，外辄扃户静坐，坐或终日不移席，动止雍容，一中规、一中矩，步趋而裳襬不动，謦咳之声未尝闻厅除'。"③ 在刘宗周

① 高彦颐. 闺塾师：明末清初江南的才女文化 [M]. 李志生，译. 南京：江苏人民出版社，2022：254.

② 诗经 [M] // 孟子，等. 四书五经. 北京：中华书局，2009：189.

③ 赵园. 家人父子：由人伦探访明清之际士大夫的生活世界 [M]. 北京：北京大学出版社，2015：6.

看来，士大夫日常的夫妻相处，理应如此，居于夫妻关系中的丈夫与妻子葆有如此风范，是理所当然。

不过，民间的日常夫妻，在律令、朝廷诏谕这些对夫妇法律地位规定的典章制度之内，受到恪守儒家伦理规范的"粹儒"的高标节范的影响，在朝堂规设和儒家规范之外，仍然会有一些突破和逾界，从中可以窥见民间夫妻相处的另样生活状态。其中，与身份阶层的差异，不同地域经济发展水平的影响，社会生活的地域性特征，乃至个人家庭环境、所学所得、天赋秉性、性情追求的不同等等，有着千丝万缕的联系，不可一概而论，期冀找到潜藏其中的规律性因子亦有一定的困难，但总体来看，传统家庭中伴侣型婚姻不占据主流。

第四节 处夫妇之例外

三白与陈芸的婚姻，即是伴侣型婚姻，他们夫妻相处似一股清流，在中国古代文学史上有着特别的意义和启示。《浮生六记》一书，写时"意兴所到，便濡毫伸纸，不必妆点，不知避忌"①。对于夫妇之间的正式男女关系与家庭生

---

① 俞平伯. 重刊浮生六记序［M］// 沈复. 浮生六记. 北京：人民文学出版社，1980：71.

活的摹写，言来大胆直率、不酸不腐。因之，陈寅恪先生曾指出："吾国文学，自来以礼法顾忌之故，不敢多言男女间关系，而于正式男女关系如夫妇者，尤少涉及。盖闺房燕昵之情意，家庭米盐之琐屑，大抵不列载于篇章，惟以笼统之词，概括言之而已。此后来沈三白《浮生六记》之《闺房记乐》，所以为例外创作。"①

一、书写表达的例外

这"例外"，是三白夫妇对儒家提倡的夫妻伦常规范的例外，亦是对夫妻生活实践叙述表达的例外。汉学家高彦颐在《闺塾师：明末清初江南的才女文化》一书中写道："伦理规范和生活实践中间，难免存在着莫大的距离和紧张。儒家社会性别体系之所以能长期延续，应归之于相当大范围内的灵活性，在这一范围内，各种阶层、地区和年龄的女性，都在实践层面享受着生活的乐趣。"② 通过研究明末清初的地方志、个人作品及小说中对城市生活的描述，"我们就可以看到与之形成鲜明对照的另一幅图画，在这幅图画中，女性的家庭和社会生活充满活力，同时她们还明显享有某种非

① 陈寅恪. 元白诗笺证稿［M］. 北京：生活·读书·新知三联书店，2001：103.

② 高彦颐. 闺塾师：明末清初江南的才女文化［M］. 李志生，译. 南京：江苏人民出版社，2022：9.

雅俗日常

正式的权力和社会自由"①。家庭管理"钥匙权"的主导者，诗歌书信的写作者，外出旅行的参与者，富有才华的女性，无论是在私人空间的家庭之内，还是在公共空间的家庭之外，她们在智力成果及社会交往等多方面，彰显了一定范围和空间内自我日常生活实践的丰富性、自由性。

三白笔下，夫妇二人享受生活的乐趣，即使在窘困之际；追求个性的自由，即使囿于封建礼法。但是，三白通过对夫妻在公共空间与私人空间生活的真情叙述，尤其是《闺房记乐》更强私密性与私人性的记述中，仍然创作了"例外"的家庭生活形态。

公共空间里，与家族成员、亲朋好友等相处，其于庸常中的美意、世俗中的善意、落寞中的志意、琐屑中的真意，充满了真情真意；私人空间内，为夫妻相处的秘密之所，其在书写中的畅意、如逢知己的快意、闺房戏乐的醉意，溢满了美意美感。

在传统中国社会，夫妇伦常绝不仅仅限于二人之间，婚姻架构起了两个家族的姻亲桥梁，尤其是对男性而言，妻子的贤孝、淑德是置于男性家族的关系中评判的。正如陈鹏先生所说："古婚姻之礼，重于成妇，轻于成妻，妻与夫同居之义，实对舅姑及夫家之全体而言，非只对夫之个人也。"②

---

① 高彦颐. 闺塾师：明末清初江南的才女文化［M］. 李志生，译. 南京：江苏人民出版社，2022：13-14.
② 陈鹏. 中国婚姻史稿［M］. 北京：中华书局，2005：555.

面对天下之"大家"，君国为重，家室为轻、为私；面对家族、父母之"小家"，则妻子为轻、为私。如果以夫妇为核心家庭的小家，置家族共同利益于小家之外，先小家而大家，"慕色慕妻子"，就是"私妻子"，是与儒家提倡的伦理道德要求相背离的。因为在传统社会中，对丈夫而言，须将父母的地位置于妻子之上。由此看来，三白的书写具有一定的反封建的进步性与开明性。

二、性别关系的例外

这"例外"，也在一定程度上折射出了盛清时代江南女性的家庭生活和社会生活，反映出男女性别平等于艰难跋涉中所初现的一缕微光，虽发端于微末，却暗藏着可能变化的契机和缘由。曼素恩说："明清时期远远不是所谓女性受到绵延不断的压迫的时代，事实上，这是长达数个世纪的一个动态的、多样化的时代，社会、政治、经济的变化导致了社会性别关系的深刻变化，这就要求我们采用新的分析方法。"[1]

祁彪佳为刘宗周的门人，可谓典型的士大夫，位极人臣，忠义刚勇，官名赫赫，鼎革之际自沉明志；身为人夫，则料理家居，承担琐杂，俗尘事务亲力亲为。在与妻子商景

---

① 曼素恩. 缀珍录：十八世纪及其前后的中国妇女 [M].
定宜庄，颜宜葳，译. 南京：江苏人民出版社，2005：7-8.

兰的相处中，"游园，看花，观戏，听歌，对弈，访友。甚至行善施济，亦与其妇同行。更为难能的，是祁氏躬亲琐务。妇病，为其延医寻药，求签问卜，调治药饵。商氏产一女，祁氏说自己'内调产妇，外理家事'……商氏产女血崩，祁氏'为之彷徨者竟夜'"①。祁彪佳对妻子，钟爱尊重，体恤关爱，拳拳之情溢于言表。夫妻之间同调、相重、共情，真可谓人间佳偶，枝上比翼。

可以这样理解，清中期，日常生活中的夫妻相处，士人一方面遵守礼法，恪守夫妻伦理规范，这是大多数夫妻的生活常态；另一方面他们于夫妻相处中表现出的温情体贴与怜妇爱妻，无论是士大夫还是下层文士，作为一个丈夫，对于家庭的朴素的温情和承担的责任，有时会在行为举动、言谈之间呈现出或直豁或内敛的不同表现形式，但对妻子的爱恋、珍惜、体恤的情感，在实际生活实践中却是共同的、相通的，此一类则是较之常态的夫妻关系有所变化。正如赵园所说："任何历史时代的婚姻形式均有相对于常态的变异，有特例，有出常的事例。有常有变，才称其为'社会'。古代中国的伦理世界，从来有弹性空间；而制度性的变动，未尝不也由漫长历史岁月中的变异的积累作为一部分（即使不那么重要的）背景。只不过发生在易代之际的变异往往由时

---

① 赵园. 家人父子：由人伦探访明清之际士大夫的生活世界 [M]. 北京：北京大学出版社，2015：60.

势促成。即使如此，变异的幅度也不宜夸大，是个别事实，不足以摇撼婚姻之为制度。可资考察的，是'社会'对于非常状态的理解——你所能依据的，仍然不能不是士大夫的文字。士大夫则因所受教育，最有可能尊礼守法；同时也因所受教育，较有个性的自觉，有不受制于流俗、自主选择的可能。"① 明清鼎革之际士大夫夫妻生活的个案观照，仍能照见夫妻相处中"例外"的别种样态。

这"例外"，是对儒家夫妇一伦的等级、服从秩序的突围，凸显出某种程度上的平等与尊重。高彦颐称之为"社会性别平等的一种有限实践——伙伴式婚姻"②。尽管不能处处寻见普遍的、广泛的伙伴式婚姻，但透过上层士大夫与下层寒士的处夫妇，总能一瞥士人中鲜活的婚姻生活新样本，由此拓展了不同阶层婚姻生活的丰富性与多元性。透过婚姻这一扇窗，可见闺中良伴、佳偶、知己创造出私人空间里的亲密关系，为"在场"的夫妻与"离场"的读者带来的"意外惊喜"，从一个侧面呈现了鲜活的社会生活不同样态与夫妻相处的例外形态。

① 赵园. 家人父子：由人伦探访明清之际士大夫的生活世界 [M]. 北京：北京大学出版社，2015：35.

② 高彦颐. 闺塾师：明末清初江南的才女文化 [M]. 李志生，译. 南京：江苏人民出版社，2022：253.

第二章

家

人

何谓家人？

《周易·家人》卦的《彖》辞，对家人有这样的界定：
"家人，女正位乎内，男正位乎外。男女正，天地之大义也。
家人有严君焉，父母之谓也。父父、子子，兄兄、弟弟，夫
夫、妇妇，而家道正。正家而天下定矣。"① 这里，父子、
兄弟、夫妇是家人重要的组成部分，由此构成了重要的家庭
关系。《孟子·滕文公上》云："圣人有忧之，使契为司徒，
教以人伦：父子有亲，君臣有义，夫妇有别，长幼有序，朋
友有信。"② 五伦经孟子提出后，成为中国社会生活的主流
道德规范。五伦关系中，家庭就有父子、兄弟、夫妇三伦。
如果以核心家庭的组成分析，父子、夫妇在家庭的组织构
成、家庭关系、日常生活中处于更为重要的位置。

王跃生先生以乾隆四十六年（1781）至乾隆五十六年
（1791）年的刑科题本婚姻家庭类档案为分析样本，对十八
世纪的中国婚姻家庭进行了研究。在对家庭结构的初步分析
中，王跃生认为："在中国历史人口研究中，家庭结构的分
析有一定难度。这是因为，无论官方还是民间，有关家庭结
构的资料很少，特别是系统的数据极难获得。从目前来看，
多数研究中国家庭历史的学者已经形成了这样的共识，小家

---

① 周易 [M] // 孟子，等. 四书五经. 北京：中华书局，
2009：511.

② 孟子 [M] // 孟子，等. 四书五经. 北京：中华书局，
2009：81.

庭在秦汉以来直至明清的中国社会中居于主导地位。"① 三白和陈芸于乾隆四十五年（1780）成婚。王跃生所考察的样本年限，涵盖了三白和陈芸结婚后 11 年的生活时段，因此，他的考察对于分析三白、陈芸夫妇的家庭结构有着重要的参考价值；反之，三白、陈芸夫妇的家庭生活也从一个侧面佐证了这一时期婚姻家庭结构中的小家庭或者说核心家庭的基本形态与生活状态。

对于家庭结构的基本状况，王跃生将其分为五种类型。"在此，我们采用五分法：单身，指当时只有一人生活的家庭；核心家庭，指一对夫妇（含一方去世、离异的情形）及其子女所组成的家庭；直系家庭（或称主干家庭），指一个家庭中有两代以上而每代只有一对夫妇（含一方已经去世和离异）的家庭；复合家庭，指一个家庭中至少有两对或两对以上夫妇（含一方去世或离婚）的家庭；残缺家庭，对此定义可能有不同，我们这里主要指父母故世，由未婚兄弟姐妹组成的家庭。"② 三白、陈芸夫妇的家庭结构，多数时期是核心家庭。乾隆四十五年（1780）二人成婚，嘉庆八年（1803）陈芸病逝，夫妇携手二十三年。婚后不久，"时为吾弟启堂娶妇，迁居饮马桥之仓米巷"，三白、陈芸即从

① 王跃生. 十八世纪中国婚姻家庭研究：建立在 1781—1791 年个案基础上的分析 [M]. 北京：法律出版社，2000：250.

② 王跃生. 十八世纪中国婚姻家庭研究：建立在 1781—1791 年个案基础上的分析 [M]. 北京：法律出版社，2000：252.

与父母一起生活的直系家庭中迁居而出。《浮生六记》中对迁居仓米巷的具体时间未做说明。陈毓罴在考证沈三白这个人时写道："春，合家迁居于饮马桥之仓米巷。三白弟启堂结婚。……按：启堂完婚，书中无明文言其时日，唯据上下文以观，当为本年春间事，以此后有三白春日扫墓一节。"①这一年，可推测为乾隆四十六年（1781）。

王跃生又将家庭结构类型的直系家庭做了细分。"直系家庭被细分为：（1）一般直系家庭，它是指完整两代或两代以上夫妇组成的家庭，最常见的情形是父母和儿子儿媳及其孙子女组成的家庭，当然也有未婚儿子和女儿生活其中；（2）缺损直系家庭，指父母一方亡故（在清代社会中，离婚的事例很少），尚存者同儿子儿媳居住在一起，其中也有两代夫妇均有一方亡故的情形；（3）分异直系家庭，指这类直系家庭是通过将一对夫妇分离出去而形成。由此可以观察复合家庭减少核心家庭增加的情形。核心家庭被分为四类：（1）一般核心家庭，指一对夫妇及其子女组成的家庭；（2）缺损核心家庭，指丧偶者同其子女组成的家庭；（3）扩大核心家庭，指一对夫妇同其子女及其未婚兄妹组成的家庭；（4）分异核心家庭，指该核心家庭是在父母同

---

① 陈毓罴.《浮生六记》研究［M］. 北京：社会科学文献出版社，2012：25.

子女或已婚兄弟之间分家的基础上产生的。"①

以王跃生的分析，三白、陈芸在直系家庭生活的时间较短。更加细分的话，可以说是在一般直系家庭生活的时间较短，虽然此时二人的孩子尚未出生，弟弟启堂按照常理也生活在这一家庭结构之中。启堂成婚后，三白、陈芸迁居仓米巷，是"分异直系家庭"，组成了核心家庭。从乾隆四十六年（1781）迁居仓米巷，到嘉庆八年（1803）陈芸病卒，据此计算，作为核心家庭的存在形式，三白、陈芸一起生活二十年以上。

一般直系家庭中的生活，作为家人，父子、婆媳、兄弟、妯娌之间一定会发生着千丝万缕的联系，和谐亲情理应是主流，也会产生矛盾和分歧。父子、婆媳、兄弟、妯娌，在长久相处生活的磨砺中，会产生疏密关系的变化。由亲密到隔阂、自信任至疏离的变化，或者造谣中伤的伤痕、误解生分的产生，加上礼教束缚与家族观念、个人性情与禀赋之异、地方文化风俗等等，会从不同角度对家庭关系造成不同层面的影响。父子兄弟、婆媳妯娌之间的相处，反映着一个时代节点社会生活、思想观念的变迁对家庭伦常带来的冲击和震荡。三白所著《浮生六记》，于家庭的视角，可见平衡与和睦的被打破，守规与破矩的阈值或界限，礼制与习俗的

---

① 王跃生. 十八世纪中国婚姻家庭研究：建立在 1781—1791 年个案基础上的分析［M］. 北京：法律出版社，2000：257.

冲突。书中，一幕幕悲欢离合，一场场生死离别，从个体家庭的生活变化，成为诠释盛清的家庭形态与家庭关系的注脚之一。

第一节　父子

父子关系是最为重要的家庭关系，也是家庭伦理中最为所重的伦常秩序。三白自述生时"正值太平盛世，且在衣冠之家"①，《浮生六记》中首次提到父亲，是在新婚蜜月之后，"时吾父稼夫公在会稽幕府，专役相迓，受业于武林赵省斋先生门下"②。可知三白父亲沈稼夫以游幕为业。

《浮生六记》中三白未对父亲入幕的情形做详细记录，但借着父亲的游幕，一家人的生活虽不至富贵奢侈，但既在衣冠之家（多指缙绅、名门之族），三白成婚前，一家人丰衣足食的生活还是可以基本满足的。

《大学》有言："古之欲明明德于天下者，先治其国；欲治其国者，先齐其家；欲齐其家者，先修其身；欲修其身者，先正其心；欲正其心者，先诚其意；欲诚其意者，先致

---

① 沈复. 浮生六记 [M]. 北京：人民文学出版社，1980：1.
② 沈复. 浮生六记 [M]. 北京：人民文学出版社，1980：3.

其知；致知在格物。物格而后知至，知至而后意诚，意诚而后心正，心正而后身修，身修而后家齐，家齐而后国治，国治而后天下平。"① 这里，家国同构的儒家政治理念已经构建，并在后世融入中华文化传统的血液，成为民族性格塑造的基础底色和文化基因。与之相对应，《大学》又云："所谓治国必先齐其家者，其家不可教而能教人者，无之。故君子不出家而成教于国：孝者，所以事君也；弟者，所以事长也；慈者，所以使众也。"② 孝、悌、慈成为齐家的基础，而齐家成为治国的前提。

而在五伦中，君臣、父子伦序中的伦理规范和伦理实践在一定层面有着同构性。《论语》云："'孝乎惟孝、友于兄弟，施于有政。'是亦为政，奚其为为政？"③ 在孔子看来，孝顺父母，友爱兄弟，并以这种风气影响政治，就算是参与政治了。古语所说的"拟君于父""事君如父"，既是政治理念，也是伦理观念。父子为人伦之本，能孝亲者，即能忠于事君，友于兄弟，信于朋友。中华传统文化道德理念把"孝"的强调提升到了首位，孝亲成为能够忠君事君、友于

---

① 大学［M］∥孟子，等. 四书五经. 北京：中华书局，2009：47.

② 大学［M］∥孟子，等. 四书五经. 北京：中华书局，2009：48.

③ 论语［M］∥孟子，等. 四书五经. 北京：中华书局，2009：8.

兄弟、信于朋友的前位要素。因而，为孝子者也为忠臣。岳飞，移孝作忠，以身殉国，成就了孝子、忠臣、君子三位一体的儒家人格典范。也因此，忠孝常常并言。对父亲能够尽孝，就可以为国尽忠，移孝作忠是家庭伦理向君臣伦理的转移，忠孝两全是宜其家室与家国观念的缔结。

正是由于家国伦理的同构性，忠孝两全固然是两全之策，忠臣孝子之名一体并俱，两全其美，但时常存有忠孝不能两全的对立和冲突。此时，君子或者士大夫的选择会因客观现实与自身情境的复杂性、矛盾性呈现出一定的选择复杂性，有时纠缠勾连很是绵密。其中，有为忠臣不能为孝子者，有为父母在堂不可出仕者。但即使面临难以抉择之境，一般士人还是有着不可逾越的底线，能够在家国、君父之间做出契合政治伦理与家庭伦理的选择。老亲在世，可以不事君王，不忠王事，但大敌当前，以身殉国者，却不会延宕搁浅"孝子"声名。因此，方以智以"无他，为有老亲在故乡也"① 而辞永历朝之召，理由正当；申嘉胤投井时，"僮号其上，嘉胤井中应曰'归慰太安人，君亡与亡，有子作忠臣，勿过恸也'"②，可谓为国决绝英勇，尽忠决然淋漓。

尽管在很大程度上，君臣伦理同构，家国所指同质，君

① 钱澄之.田间文集 [M].合肥：黄山书社，1998：379.
② 黄宗羲.黄宗羲全集：第二册 [M].杭州：浙江古籍出版社，1986：41.

臣之间的尊卑、等级、服从秩序，也是父子伦理的基本伦序。但是，君是君，父是父，君臣纲常与父子伦理，由于父子之间的血亲关系，仍然与事君有着本质的不同。虽然《孝经》有"君子之事亲孝，故忠可移于君。"① 之语，但可以"事君如父"，是将孝亲、事亲放在了更加普通广泛的层面。出仕者事君，行之有道；为民者事君，非为必须。然而，无论是出仕还是为民，为人子者奉养双亲，无论如何都是天经地义的。如若道德沦丧，有出格之举，世人乜斜，舆论谴责，自然处在情理之中。而法律规章的介入，是在基于伦理道德之上以国家治理手段给予纲常伦理的律例支撑，保障了伦理义务与条令律规的统一，更好地保证了儒家提倡的伦理规范在社会和家庭层面的实践功能和运转效能，并从国家意志的层面实现了伦理道德与主流意识形态的合流与统一。

因此，父子一伦的道德规范与伦理要求，是普通为民者世俗生活中不可避免必须遵循的基本秩序。

一、舐犊之情

《浮生六记》中，三白叙及父亲，包括父子家庭内外相处，父亲的游幕生涯、与友故交、喜认义子等，散见在不同的分卷之中。

在三白笔下，父亲为人慷慨大方。"况吾父稼夫公，慷

---

① 孝经[M]. 顾迁,注译. 郑州：中州古籍出版社,2012：64.

慨豪侠，急人之难，成人之事，嫁人之女，抚人之儿，指不胜屈，挥金如土，多为他人。"① 与此相关，"吾父稼夫公喜认义子，以故余异姓弟兄有二十六人"②。对待故朋老友，沈父同样情深义重，在外游幕期间，"吴江钱师竹病故，吾父信归，命余往吊"③。重情重义，豪情豪义，乐交助扶，不乏义子，沈父身上具有豪客之义与侠客之风。

对待儿子，沈父谆谆教之，心心系之。三白对自己"所愧少年失学"未有详述。为着三白未来，在三白尚年少时，沈父在自己担任幕客之所，挈三白同往就学。

> 余年十五时，吾父稼夫公馆于山阴赵明府幕中，有赵省斋先生名传者，杭之宿儒也，赵明府延教其子，吾父命余亦拜投门下。④

新婚弥月过后，"时吾父稼夫公在会稽幕府，专役相迓，受业于武林赵省斋先生门下。先生循循善诱，余今日之尚能握管，先生力也"⑤。此时，沈父在山阴赵明府僚坐馆。三白跟随父亲，从学于赵传（省斋）先生，后又跟从其在杭

---

① 沈复. 浮生六记 [M]. 北京：人民文学出版社，1980：25.
② 沈复. 浮生六记 [M]. 北京：人民文学出版社，1980：7.
③ 沈复. 浮生六记 [M]. 北京：人民文学出版社，1980：12.
④ 沈复. 浮生六记 [M]. 北京：人民文学出版社，1980：39.
⑤ 沈复. 浮生六记 [M]. 北京：人民文学出版社，1980：3.

州受业。三白对赵省斋的教导感念不已。

待三白婚后，为着三白未来生活着想，沈父挈三白学习做幕宾。

习做幕宾，并不是一件容易的事。作为幕宾，因为职责的不同，需要掌握的技能不尽相同。代写奏疏、贺启，登录信札，代拟回函，等等，常是幕宾的分内之责。为幕主出谋划策，应对宾客酬酢，作为咨询参谋的幕宾，也是该做之事。处理刑名、钱谷事宜，帮助幕主处理民事，亦是分内之事，且较为多见。幕宾所担负的分内之责，需要从师加以学习和练习。《浮生六记》中未见三白参加县试的记载，也未有获得生员资格的记述。

正如周作人晚年在《再是县考》一文中所说："考试既然是士人出身的正路，那么我们那时没有不是从这条路走的，等得有点走不下去了，这才去找另外的道路。"① 他还写道："前清时代士人所走的道路，除了科举是正路之外，还有几路权路可以走得。其一是做塾师，其二是做医师，可以号称儒医，比普通的医生要阔气些。其三是学幕，即做幕友，给地方官'佐治'，称作'师爷'，是绍兴人的一种专业。其四则是学生意，但也就是钱业和典当两种职业，此外

① 周作人. 知堂回想录［M］. 香港：三育图书文具公司，1980：50.

便不是穿长衫的人所当做的了。"① 周作人和兄长鲁迅在戊戌年（1898）参加了县试。周作人所回忆的，是清末读书人的出路。盛清时期子弟读书的求出路，并不比周氏兄弟好出多少，也大致如此。三白起初是跟随父亲学幕。"所谓'学幕'，就是学习做专业幕宾（即刑名师爷和钱谷师爷，俗称'绍兴师爷'）。清代的地方官署，除武职及盐粮外，都是行政和司法不分，财政和建设不分。知县既要管理全县之行政事务，还要审理裁决民事刑事案件，征收钱粮赋税，开支各种费用，还有来往文书、公私信函等，所以要聘请幕宾来办理这些事务。幕宾非官吏，乃官员私人聘请的助手。过去学幕，虽无固定的学校、学程和年限，但要拜师，要分别行辈。刑名和钱粮是学幕的主要项目。学习之基本材料，全在明习律例。律文一定不移，例则因时更改，例案太多，虽有通知各省府州县之文件，但不随时汇集公布，全靠各人抄录札记，学幕师徒间之传授大都在此。所谓秘本，若无师承，即不易传抄或取得。"② 正因为如此，做幕宾并不是手到擒来、轻而易举之事，沈父对三白学幕很是关心。也正是在父亲的督导、安排和指导下，三白一步步熟悉了做幕宾之事，最终走上了独立做幕宾之路。

① 周作人. 知堂回想录 [M]. 香港：三育图书文具公司，1980：52-53.

② 陈毓黑.《浮生六记》研究 [M]. 北京：社会科学文献出版社，2012：7.

谈到自己习幕之事，三白多次叙及。辛丑秋八月，沈父因病返家，病情日益加重，因嘱咐三白：

"我病恐不起。汝守数本书，终非糊口计。我托汝于盟弟蒋思斋，仍继吾业可耳。"越日思斋来，即于榻前命拜为师。未几，得名医徐观莲先生诊治，父病渐痊；芸亦得徐力起床。而余则从此习幕矣。①

另有多处记述：

思斋先生名襄。是年冬，即相随习幕于奉贤官舍。②

甲辰之春，余随侍吾父于吴江何明府幕中。③

是年，何明府因事被议，吾父即就海宁王明府之聘。④

乾隆乙巳，随侍吾父于海宁官舍。⑤

① 沈复. 浮生六记 [M]. 北京：人民文学出版社，1980：41.
② 沈复. 浮生六记 [M]. 北京：人民文学出版社，1980：41.
③ 沈复. 浮生六记 [M]. 北京：人民文学出版社，1980：44.
④ 沈复. 浮生六记 [M]. 北京：人民文学出版社，1980：45.
⑤ 沈复. 浮生六记 [M]. 北京：人民文学出版社，1980：25.

雅俗日常

庚戌之春，予又随侍吾父于邗江幕中。①

　　由上述记载可见，三白遵照父命，在父亲担忧自己病危不起之际，正式拜父亲盟弟蒋襄（蒋思斋）为师。拜师后即跟随蒋思斋在奉贤官舍学习做幕宾。其后，跟随父亲先后在吴江何明府、海宁官舍幕中学习。三白记"辛丑年八月"父亲"病疟返里"，是乾隆四十六年（1781）。到乾隆乙巳年跟随父亲在海宁王明府处学幕，是为1785年。四年时间，三白从师随父，学做幕宾，从记述看，还没有开始独自入幕做宾的生涯，尚处于学习期和见习期。

　　卷四《浪游记快》，三白叙及：

余年二十有五，应徽州绩溪克明府之招。②

　　此处，点明是"应徽州绩溪克明府之召"，可以视为三白独自做幕宾的开始。

　　从上述沈父对三白前途生计的思虑看，作为父亲，他一直在为儿子的未来做着长远的打算。父亲深知守数本书为业终非长久糊口之际，病危之际的托付，体现出对儿子生计的担忧，虽然其后病情经诊治痊愈，但父子之间舐犊情深的画

---

①　沈复. 浮生六记［M］. 北京：人民文学出版社，1980：25.
②　沈复. 浮生六记［M］. 北京：人民文学出版社，1980：46.

面，却温馨暖心，清晰可见。

二、父子嫌隙

然而，随着时光沙砾的摩擦，经受岁月流年的砥砺，在这个寻常家庭内，父子之间的龃龉、抵牾在日常生活的磨砺中渐渐凸显出来。

卷三《坎坷记愁》一节开头写道："人生坎坷何为乎来哉？往往皆自作孽耳。余则非也，多情重诺，爽直不羁，转因之为累。"① 在三白看来，自己的性格特点为自己带来了负累。对自身缺点，三白直言不讳；对自己个性，三白未有宽假。"多情重诺，爽直不羁"的性格特征，也成为父子之间亲密关系的羁绊。父子之间由小事积聚而成的篱笆隔阂，逐渐转变为层层障碍，罅隙起于细微之事，而隔阂却逐步加深为鸿沟。

前文说过，乾隆乙巳年（1785），三白跟随父亲在海宁官舍学幕。这时，在家书里，芸经常附上自己写的信。

> 芸于吾家书中附寄小函。吾父曰："媳妇既能
> 笔墨，汝母家信付彼司之。"后家庭偶有闲言，吾
> 母疑其述事不当，仍不令代笔。吾父见信非芸手
> 笔，询余曰："汝妇病耶？"余即作札问之，亦不

① 沈复. 浮生六记［M］. 北京：人民文学出版社，1980：25.

答。久之，吾父怒曰："想汝妇不屑代笔耳！"追余归，探知委曲，欲为婉剖。芸急止之曰："宁受责于翁，勿失欢于姑也。"竟不自白。①

本来，沈父看陈芸会笔墨，能写信，便嘱咐三白让陈芸代写婆婆的家信。后三白母亲怀疑陈芸信中写及家事不甚妥当，就不让陈芸代笔。此间的变化沈父不知缘由，着三白问询，陈芸亦没有回答。沈父因此发怒，责备陈芸不屑于代笔。其中沈父对陈芸产生了误会，并非陈芸不想代笔，是婆婆"不令代笔"。等三白探知原委明了因由，想为陈芸辩解时，陈芸急忙制止，说自己宁可受到公公责备，也不愿使婆婆不悦。

庚戌年（1790）春，家里又发生了一件事。这时，三白跟随父亲在邗江游幕。

予又随侍吾父于邗江幕中。有同事俞孚亭者，挈眷居焉。吾父谓孚亭曰："一生辛苦常在客中，欲觅一起居服役之人而不可得。儿辈果能仰体亲意，当于家乡觅一人来，庶语音相合。"孚亭转述于余，密札致芸，倩媒物色，得姚氏女。芸以成否未定，未即禀知吾母。其来也，托言邻女之嬉游

① 沈复. 浮生六记 [M]. 北京：人民文学出版社，1980：25.

者。及吾父命余接取至署，芸又听旁人意见，托言
吾父素所合意者。吾母见之曰："此邻女之嬉游者
也，何娶之乎？"芸遂并失爱于姑矣。①

　　陈芸暗中替公公觅姚氏女做妾。起初不知是否能成，并
未将此事告知婆婆；姚氏女来家，被婆婆撞见，陈芸假说是
邻家女子过来游玩；等到沈父已经命三白将姚氏女接往邗江
官署时，陈芸又听信别人之言，假托说是公公一直中意的，
并非自己暗中替公公物色的。三白母亲见到生疑。

　　起初，陈芸隐瞒真相并非有意为之，因这事是三白"密
札致芸"的，说明三白开始亦不想让母亲知晓。可是，沈父
纳妾并非一件小事，怎么可能瞒得过沈母？随着事态发展，
陈芸的两次假托言辞，虽有轻信他人之言的前因，但未将实
情禀告婆婆，亦是陈芸考虑不周之处。经此一事，陈芸失去
婆婆所爱，即便婆婆是自己的姑姑。

　　乾隆壬子年（1792）春天，沈父在邗江生病，三白和
弟弟启堂都前去随侍。其间，三白收到陈芸来信，说启堂向
邻家夫人借贷，让陈芸做保，现在对方追索甚急。三白并不
知此事，就询问弟弟，启堂反怪嫂子多事。因三白在邗江照
顾父亲时，自己也病倒了，就回信陈芸："父子皆病，无钱

　　① 沈复. 浮生六记 [M]. 北京：人民文学出版社，1980：
25-26.

可偿；俟启弟归时，自行打算可也。”①

此事后来再起周折：

> 未几病皆愈，余仍往真州。芸覆书来，吾父折视之，中述启弟邻项事，且云“令堂以老人之病，皆由姚姬而起。翁病稍痊，宜密嘱姚托言思家，妾当令其家父母到扬接取；实彼此卸责之计也”。吾父见书怒甚。询启堂以邻项事，答言不知。遂札饬余曰：“汝妇背夫借债，谗谤小叔，且称姑曰令堂，翁曰老人，悖谬之甚！我已专人持札回苏斥逐。汝若稍有人心，亦当知过！”余接此札，如闻青天霹雳；即肃书认罪，觅骑遄归，恐芸之短见也。到家述其本末，而家人乃持逐书至，历斥多过，言甚决绝。②

沈父拆视陈芸书信，得知启堂借贷邻妇一事。问及启堂，启堂矢口否认。沈父误会陈芸背着三白借债，谗言诽谤小叔；另有致三白信札中，对公公婆婆称谓不当。由此惹得沈父大怒，沈父写信训斥三白，同时已派专人回苏州将陈芸斥逐。三白怕陈芸自寻短见，急忙骑马速归。到家后讲明事

① 沈复．浮生六记［M］．北京：人民文学出版社，1980：26.
② 沈复．浮生六记［M］．北京：人民文学出版社，1980：26.

情缘由，家人也拿出父亲的书信。信中对陈芸厉加训斥，言辞决绝。

之前，婆婆不令陈芸代笔家信，陈芸替翁觅姚氏女，使得陈芸已经失欢于婆婆。陈芸与公公之间，尚未有正面激烈冲突。而启堂借贷与陈芸家信中称呼不尊两桩事情，在同一时间节点出现，使得沈父大发雷霆，要将陈芸斥逐。这是对陈芸相当不满的处置方式。

现代家庭中，夫妻关系是最核心的关系，由此组成的核心家庭，是社会的基本组织细胞，也是家庭的基本生活形态。现代社会，直系家庭相对于核心家庭，数量大大减少。而在传统社会，虽然核心家庭也是主要的家庭形态，然而由于婚姻与宗统、宗庙之间的密切关系，在宗法制度下，夫妇关系、父子关系都处在宗统、宗庙、家族关系的制约之下。婚后成妇，作为夫家的一员，妇女是男子的附属物。妻子与丈夫之间的关系是从属于宗庙关系与宗族关系的。妇女对自身的命运掌控，或者说夫妇对自身的命运掌控有时并不在自己手里，而是受到家族关系的巨大影响。尤其对妇女而言，宗统、舅姑、丈夫都能决定或影响自己的命运。《礼记·内则》有言："子甚宜其妻，父母不说，出。"[1] 陈芸的被斥逐，就是失去翁姑之欢，即便其中存在误解，存有委屈，但

① 礼记 [M] // 孟子，等. 四书五经. 北京：中华书局，2009：358.

是，仅有"父母不说"，就可以成为其被斥逐的理由。

好在，时日不久，沈父又跟三白手谕：

> 越数日，吾父又有手谕至，曰："我不为已甚。
> 汝携妇别居，勿使我见，免我生气足矣。"①

得父亲亲笔书信，三白别居离家，借助友人鲁半舫家萧
爽楼。

两年后，沈父得知事情始末。

> 吾父自至萧爽楼谓芸曰："前事我已尽知，汝
> 盍归乎?"余夫妇欣然，仍归故宅，骨肉重圆。②

然而，欢愉融洽、和睦舒心的生活总是太过短暂。乙卯
秋八月五日，也就是 1795 年八月五日，沈母、三白、陈芸
游览虎丘。在虎丘舟中，陈芸、憨园初次相见。

> 芸、憨相见，欢同旧识，携手登山，备览名
> 胜。芸独爱千顷云高旷，坐赏良久。返至野芳滨，

① 沈复. 浮生六记 [M]. 北京：人民文学出版社，1980：26.
② 沈复. 浮生六记 [M]. 北京：人民文学出版社，1980：
26–27.

畅饮甚欢，并舟而泊。①

憨园为浙妓温冷香的女儿。陈芸与憨园相谈甚欢，"得见美而韵者"②，便想为三白纳妾。后又与憨园"焚香结盟"③，结为异姓姊妹。后憨园为有力者以千金聘礼夺取，为三白纳妾一事也无着落。"而芸终以受愚为恨，血疾大发，床席支离刀圭无效。时发时止，骨瘦形销。"④雪上加霜的是，"不数年而逋负日增，物议日起。老亲又以盟妓一端，憎恶日甚"⑤。

长辈与子女之间的嫌隙又加深了一层。

在生计上，三白因连年无馆，就在家里开了一个书画铺。

有西人赁屋于余画铺之左，放利债为业，时倩余作画，因识之。友人某向渠借五十金，乞余作保，余以情有难却，允焉。而某竟挟资远遁。西人惟保是问，时来饶舌，初以笔墨为抵，渐至无物可偿。岁底吾父家居，西人索债，咆哮于门。吾父闻

① 沈复. 浮生六记 [M]. 北京：人民文学出版社，1980：14-15.
② 沈复. 浮生六记 [M]. 北京：人民文学出版社，1980：15.
③ 沈复. 浮生六记 [M]. 北京：人民文学出版社，1980：15.
④ 沈复. 浮生六记 [M]. 北京：人民文学出版社，1980：27.
⑤ 沈复. 浮生六记 [M]. 北京：人民文学出版社，1980：27.

之，召余诃责曰："我辈衣冠之家，何得负此小人之债！"正剖诉间，适芸有自幼同盟姊适锡山华氏，知其病，遣人问讯。堂上误以为憨园之使，因愈怒曰："汝妇不守闺训，结盟娼妓；汝亦不思习上，滥伍小人。若置汝死地，情有不忍，姑宽三日限，速自为计，迟必首汝逆矣！"①

三白为友人做保，不想为其所累。年底借债之人咆哮于门，三白被父亲呵斥。不巧，陈芸自幼结拜姊妹锡山华氏得知陈芸患病，遣人前来探望，被父亲再次误会。在沈父看来，儿媳与娼妓盟誓，不遵守闺门之训；儿子不思进取，交友不慎，有辱衣冠之家声名。为此，沈父大为愤怒，将三白夫妇斥逐。决绝的言辞，没有回转斡旋的余地，已在父子情谊之外。

自此，夫妇二人再无归家。嘉庆癸亥（1803）三月三十日，陈芸病逝于扬州，暂且葬于扬州西门外金桂山。

陈芸去世后，三白带着陈芸牌位，一度还乡，回到苏州。弟弟启堂言：

> 严君怒犹未息，兄宜仍往扬州。俟严君归里，

---

① 沈复. 浮生六记 [M]. 北京：人民文学出版社，1980：27-28.

婉言劝解，再当专札相招。①

三白拜别母亲和子女，重返扬州，卖画度日，"常哭于
芸娘之墓"②。

不承想，陈芸辞世第二年，三白接女儿青君来信，得知
父亲有病。想要回家探望，担心父亲不肯原谅，"又恐触旧
忿"③。正踟蹰之余，女儿青君再次来信，三白获悉父亲与
世长辞，"刺骨痛心，呼天莫及。无暇他计，即星夜驰归。
触首灵前，哀号流血"④。

一场父子情，阴阳两隔去。父子之间，亲密过往与偶生
间隙，舐犊情深与呵斥驱逐，在生死别离、阴阳人间的坚硬
阻隔中，再无弥合的可能。三白的沉痛遗憾，直让人唏嘘
不已。

对于沈氏父子的形象，刘丽珈曾撰文分析。她认为：
"沈复与其父同为封建社会中的男性，他们都深受封建思想
的影响，同为封建大家庭中的亲人，他们富有家庭责任感，
他们关爱家人，为家人的生存、生活而劳苦奔波，这种人生
态度和轨迹是一致的。但在对待具体的人与事上，他们又有

---

① 沈复. 浮生六记［M］. 北京：人民文学出版社，1980：
35-36.
② 沈复. 浮生六记［M］. 北京：人民文学出版社，1980：36.
③ 沈复. 浮生六记［M］. 北京：人民文学出版社，1980：36.
④ 沈复. 浮生六记［M］. 北京：人民文学出版社，1980：36.

不同的心理、态度、行为，从而使其个性相异、形象迥然。"① 相同之处，"二人同样有尚义气、急人之难的特点"②。父子二人的差异性，除了在对待各自妻子上的不同之外，"沈家是未分家的封建大家庭，因此家庭矛盾与纠葛频生，在沈家家庭矛盾中，各自表现不一，沈父表现出更多的冷酷与无情，沈复则表现出息事宁人、忍辱负重的宽容"③。

事实上，从沈父的角度而言，作为封建家长，其治家理家的行为方式、教子育子的观念态度，是基于传统社会的要求、礼俗和规制之上的。三白夫妇的两次被逐，表面上看是内部家庭纠纷，实则反映出父亲与儿子、婆婆与媳妇在思想观念与处事方式方面的不同之处。

第二节　婆媳

以血缘为核心基础缔结的父子关系，在敬、从、孝之

---

① 刘丽珈.《浮生六记》沈氏父子形象之比较 [J]. 西昌学院学报（社会科学版），2014，26（4）：22.

② 刘丽珈.《浮生六记》沈氏父子形象之比较 [J]. 西昌学院学报（社会科学版），2014，26（4）：22.

③ 刘丽珈.《浮生六记》沈氏父子形象之比较 [J]. 西昌学院学报（社会科学版），2014，26（4）：24.

外，仍葆有最亲密的亲情，在肃严、庄穆的家庭氛围中，仍然存有温情脉脉的一面。相较于父子关系，婆媳于非出自天亲的相处中，之间的关系则要复杂一些。

一、妇德规诫

作为儿媳，敬畏顺从在翁姑之间一视同仁，但由于公公多在家庭之外参与社会活动，即便是在家庭内部，公公与儿媳直面相处的机会较之婆婆要少得多，由此大大降低了发生直接冲突与潜在冲突的风险。儿媳与婆婆则不然，同处闺阁之内，朝夕相处，对婆婆的尊敬、服从、恭顺，既是婆婆权力和尊严的体现，也是儿媳德行与责任的反映。尤其是妻子，服侍公公、婆婆和丈夫成为其最重要的使命和职责。有关的女教、家训、族规等，妻子的职责与交往被给予多种规定性，即使在家庭范围之内，也设置了各种界限。男女授受不亲，内外截然有别，使得女子从来或者极难涉足男性尤其是士人的权力空间、社会组织与话语体系。在父女、兄弟姐妹、老师与弟子之间，在入塾习学期，也有着严格的规范。如果是在士大夫家庭，兄弟姊妹之间的适度隔离与男女界限的分别就树立得更早一些。"对于士族家庭的小女孩，第一次承认她与诸兄弟有所区别的时间是她换掉乳齿（'齔'）的七虚岁，那时她的头发被系成抓髻（'髻龄'）。髻龄是女作家们普遍用来记认她们人生第一个关键转折点的标志。到这一年龄，假如女孩正在读书，家里一般便把她与兄弟们分开单独教育了。父亲在家便由父亲教育，如果父亲不在家，那么母亲、姐姐、家中父辈的女性或是从声誉好的人家雇请的女馆师便会负责她的教导。"① 再譬如，不用说外人，"在家人之间，男女大防也被看得很重要，因为上层阶级倾向选择的复合大家庭模式必然使得许多妙龄女子与两代到三代人的男性亲属生活在同一屋檐下。属于'闺阁'的那一个部分是妇女们抚育幼儿并且（依洪亮吉的观察）侍奉老人起居的地方，血气方刚的男人不应在闺阁出出进进。而且，事实上假如一位妻子在丈夫以她亲自准备的酒筵在她自己家里宴客的时候出现在满堂宾朋面前，此事便会成为众人的谈资。大家认为年轻妇女做手工或是研习文艺的时候最密切的伴侣应该是家中的其他女眷：亲姊妹、堂表姊妹、母亲、祖母、姑婶姨妗、娣姒妯娌。此外妾侍、婢女和时或有之的女馆师把这个伴侣圈子多少扩大到近亲的范围之外"②。由此可见，就是在家庭内部，少女虽然与自己的父亲和兄弟同是一家人，有着最为亲密的家人关系，然而，这种基于血缘直系的亲近的关系在女孩七八岁时，已经开始与男性亲属之间划分区域和界限。

盛清时期的女教书籍，《女诫》《闺范》《列女传》《女

---

① 曼素恩. 缀珍录：十八世纪及其前后的中国妇女 ［M］. 定宜庄，颜宜葳，译. 南京：江苏人民出版社，2005：71.

② 曼素恩. 缀珍录：十八世纪及其前后的中国妇女 ［M］. 定宜庄，颜宜葳，译. 南京：江苏人民出版社，2005：73.

孝经》《女论语》《女训》《女史》《女范》等流传较广。这些女教女学读物，内容多为妇德、妇言之教，勤于女红、善理中馈、事亲敬夫等是必不可少的内容。被幽闭在闺阁之中的女子，无论衣冠世家还是庶民之家，都需要学习温故，目的还是通过礼教习俗，规范与约束女子的行为。有些下层家庭的女子，几乎不认识字，不能通过读书获得妇女德行规定与言语行为的知识。但是，有清一代的女教女学，作为官方的主流意识形态与社会主导的思想，在民间会以《劝女歌》或其他文艺形式，对广大下层家庭女子产生潜移默化、广泛深刻的影响。

相对于庶民女子的女教，上流社会的女子，常常能够受到更加良好的教育。除了学习专门为训诫、规范妇女行为而编的书籍或者文章之外，她们娴习音乐、操琴鼓瑟，吟咏诗文、诵读古文，提笔绘画、描绘丹青，甚至与自家兄弟研学经史。这些名门闺秀受到良好的教育，为她们的婚姻缔结奠定了良好基础。"对女儿的教育在盛清一世变得越来越重要。在婚姻市场上，博学标志着一个女子成为众人争相延聘的对象，成为一个不仅能生育子嗣还能为儿子们提供最优越的早期教育的未来母亲。再进一步说，她在亲朋戚友和整个社会的眼中还是她的'家学'传统的继承者。女儿的满腹诗书是她家书香门第深厚渊源的缩影，因而也是她值得聘娶的一个关键标志……"①

　　清代的女性道德教育，社会上广泛流传的书籍为"女四
书"：《女诫》《女论语》《内训》《女范捷录》。"女四书"
是由江西临川王相选刻的。除此之外，王相也曾订正《千家
诗》《百家姓》等启蒙读物，刻版流播。其中，《女范捷录》
是王相母亲编写的。可以说，几乎每一个居于妆楼绣阁之内
可读书的女子，在启蒙时期都读过"女四书"，其流传之
广、影响之深，直到近代仍有余绪。

　　《女诫》为汉代班昭所著，对古代女性的德、言、容、
功进行了概述和说明。此书成为班昭流传最广的著作。"到
了清代，这本书自身已经成为经典，是所有上层家庭女孩子
的必读经典'女四书'之中的一部。"②

　　《女论语》是唐朝宋若莘所著。这是唐代最重要的一本
女教书籍。此书一句四字，用语简洁浅显，涉及琐碎日常，
重在强调妇女的贞节、顺从、柔婉、温良、贤恭等。内容分
为立身、学作、学礼、早起、事父母、事舅姑、事夫、训男
女、营家、待客、和柔、守节十二章。在最后一章"守节"
章中写道："夫妻结发，义重千金。若有不幸，中路先倾，

　　①　曼素恩. 缀珍录：十八世纪及其前后的中国妇女 ［M］.
定宜庄，颜宜葳，译. 南京：江苏人民出版社，2005：75.
　　②　曼素恩. 缀珍录：十八世纪及其前后的中国妇女 ［M］.
定宜庄，颜宜葳，译. 南京：江苏人民出版社，2005：107.

三年重服，守志坚心。保家持业，整顿坟茔。殷勤训后，存殁光荣。"① 唐代，贞节观念尚不为世俗所接受。上有公主再嫁，下有离婚改嫁，社会对贞节观念较为淡薄。《女论语》一书韵脚和谐，通俗易懂，传播甚广。"守志坚心"的提出，在倡导女子守节方面，提供了文本可见的萌芽，并对后世的贞节观念产生了影响。

《内训》为明成祖仁孝文皇后徐氏所撰。她是中山王徐达的长女，幼时所读书籍颇多。徐氏为人贤淑达良，常为婆婆诵读《列女传》，时有解说讨论之语。婆婆去世后，徐氏遵照婆婆遗愿，撰写《内训》一书，以供为太子、诸王读阅参看。等其身死，明成祖为纪念追忆，将其所撰《内训》颁赐臣民，此书开始在社会上流传。后在清初被王相收入"女四书"后，刊刻传播更为广远。因有一国之母、天下之母身份，《内训》对妇德的强调多在后妃内宫，对事君之道多有言说，但其对妇女普遍的妇德教化仍有一定的借鉴意义。譬如，书中言道："夫上下之分，尊卑之等也；夫妇之道，阴阳之义也；诸侯、大夫及士庶人之妻，能推是道以事其君子，则家道鲜有不盛矣。"② 如此说辞，无论是后妃事君还是庶人之妻事夫，上下之别、尊卑之序、夫妇之伦，都

① 王相. 状元阁女四书：第 2 册 [M]. 刻本. 南京：李光明庄，1880（光绪六年）.
② 徐皇后. 内训 [M] // 景印文渊阁四库全书：第 709 册. 台北：台湾商务印书馆，1982.

要遵循。其中的规诫训言，对一般妇人的道德奖励、劝告，在民间妇女教化中发挥了重要作用。统治阶级所倡导希望的妇道妇德，影响着百姓的思想、观念、行为。《内训》成为民间奉行实施的经典文本。

"女四书"之中，有学者认为，"那流传最广害人最深，酸而且俗的，要算王相母亲的《女范捷录》"①。此书"共十一篇：《统论》《后德》《母仪》《孝行》《贞烈》《忠义》《慈爱》《秉礼》《智慧》《勤俭》《才德》。……《贞烈》篇更说：'忠臣不事两国，烈女不更二夫，故一与之醮，终身不移，男可从婚，女无再适。'"②书中对女性贞节的强调到了宗教化、虔诚化、极致化的无以复加的程度。"总之，贞节观念到了清代，总算到了绝顶，上无可上了!"③清朝，"对妇女贞节的关注达到了历史上的顶峰，有案可稽的、拒绝再嫁的节妇数量有惊人的上升，订了婚的少女即使未婚夫在与她见面之前就死了，她也将作为'寡妇'度过余生。比如说，江南某府的地方志中记录的节妇，宋代有4人，明代有95人，在清代中叶则达到203人。为节妇建造旌表牌

---

① 陈东原. 中国妇女生活史［M］. 北京：商务印书馆，2015：214.

② 陈东原. 中国妇女生活史［M］. 北京：商务印书馆，2015：214-215.

③ 陈东原. 中国妇女生活史［M］. 北京：商务印书馆，2015：191.

坊的活动已经失控，以至 1827 年政府不得不下令只能修建集体的牌坊。1843 年，政府又规定只有那些自杀明志的寡妇才应以牌坊旌表"①。这为贞女、节妇设定的道德规范，极大地牺牲了女性的幸福和自由，成为制约女性的沉重枷锁与无形桎梏。

"女四书"虽为清初的女教经典文本，但由于跨越时间长，不同书籍所成朝代不同，在对妇德的教化上有一些差异。

《女诫》为汉代班昭所作。可班昭，不仅仅是女学与母教的导师，其卓尔不凡的成就也不只在为女性建立道德规训的《女诫》一书。其出身于名门望族，幼承家学，跟随父兄读书，精研学术，于经史、天文、书画皆有所涉猎。继承长兄班固未竟之志，编撰官修《汉书》中的《天文志》，弘扬家学光荣传统并将其发扬光大；作为宫廷博学女官，文采昭彰，指点皇帝习研绘画、书法，指导皇后学习经书、历史、算数。作为太后之师，她得以闻知国是；皇后摄政处理政事时，班昭所谋策略，常胸有见地，运筹帷幄。班昭开创了女性学术的古老传统，建立了汉代妇学的无上荣耀。在史家看来，班昭既是极具影响力的道德老师，更是极有非凡学识的女性学者。班昭以有别于男性之"他"的女性话语，

① 伊沛霞. 剑桥插图中国史：第 2 版［M］. 赵世瑜，赵世玲，张宏艳，等译. 长沙：湖南人民出版社：2018：241，244.

构建了"男女有别"之"她"的女性学术地位及伦理教化观念和规约，深远影响了后代历朝基于儒家观念之上的女教思想。

对于班昭的闺门训诫，后世学者各有评论。譬如，朱维铮先生在《班昭考》中指出："邓绥以曹大家为师，由贵人而皇后而皇太后，'称制终身，号令自出'恪守的就是这一套，堪称《女诫》的实践家。"① 再如，陈东原充分肯定班昭是"好一个了不得的女子"，又从近现代女性解放的角度观察，"可是她作的《女诫》七篇，也就了不得地压抑了同类女子了。男尊女卑的观念，夫为妻纲的道理和三从四德的典型，虽然是早就有的，但很散漫，很浮泛。就是刘向的《列女传》，也不过罗列一些事实，做妇女生活的标准。班昭《女诫》，才系统地把压抑妇女的思想编纂起来，使他成为铁锁一般的牢固，套上了妇女们的颈子"②。身处不同时代的学人、后人，对于《女诫》不同的评价亦在情理之中。

中国传统社会的女子教育读物，是服务于封建社会统治阶级的主流意识形态的。在以儒家文化占据主流的传统观念中，《女诫》所具有的历史局限性是特定时代的反映。其所提出的女性地位卑弱、妇女守礼之规、立身处世之距等，对

---

① 班昭，吕坤. 女诫　闺范译注 [M]. 黄冠文，宋婕，译注. 上海：上海古籍出版社，2020：7.

② 陈东原. 中国妇女生活史 [M]. 北京：商务印书馆，2015：37.

封建社会身处弱势地位的女性而言，既为中国传统女性所要秉持的伦理观念奠定了基础，也为女性在男尊女卑的传统社会中安身立命、进退有度提供了可以掌握参考的价值和尺度。正因如此，《女诫》的深刻影响不仅在近代尚余脉不绝，就是在现代社会，一些所谓的女学班、女教营、母仪班，仍在复活其思想。从儒家的主流思想而言，对《女诫》的思想是给予较大肯定的。而于今天的现代社会而言，批判性地吸收，选择性地甄别，才是对传统文化推陈出新、古为今用、实事求是、客观科学的态度。

班昭的《女诫》言简意赅，字数并不多，全文仅 1600余字，由《卑弱》《夫妇》《敬慎》《妇行》《专心》《曲从》《和叔妹》七篇组成。其中第四篇《妇行》，从妇德、妇言、妇容、妇功四个方面对女性在闺门之内的言语行为进行了规定，要求女性以此作为日常行为的基本准则。

女有四行，一曰妇德，二曰妇言，三曰妇容，四曰妇功。

夫云妇德，不必才明绝异也；妇言，不必辩口利辞也；妇容，不必颜色美丽也；妇功，不必工巧过人也。

清闲贞静，守节整齐，行己有耻，动静有法，是谓妇德。择辞而说，不道恶语，时然后言，不厌于人，是谓妇言。盥浣尘秽，服饰鲜洁，沐浴以时，身不垢辱，是谓妇容。专心纺绩，不好戏笑，洁齐酒食，以奉宾客，是谓妇功。

此四者，女人之大德，而不可乏之者也。然为之甚易，唯在存心耳。古人有言："仁远乎哉？我欲仁，而仁斯至矣。"此之谓也。[①]

从德、言、容、功四个方面，对女子的德行加以界定，由之形成了妇女"四德"。后世的女教书籍，或在《女诫》的基础上加以延展，进一步具体细化，或者受到所处时代官方规定、朝廷法律及当时习俗文化的影响，又融入鲜明的时代特色。不同朝代时存异见的妇德观念变化与实践行为，既可透视官方引导表彰的侧重，也可窥见女性情感、意志、行为的变迁。

这里，仅通过截取贞节观念转变的一个侧面，来透视清代女性所受到的妇德教化和所履行的妇德实践。

较早的女教启蒙读物，譬如班昭的《女诫》，在训诫对象中对闺阁女子与成妇均有涉及。尤其是夫妻以道相辅，夫贤妻贤，倡导女子要同男子一样接受教育。"察今之君子，徒知妻妇之不可不御，威仪之不可不整，故训其男，检以书传。殊不知夫主之不可不事，礼义之不可不存也。但教男而

---

① 班昭，吕坤. 女诫 闺范译注 [M]. 黄冠文，宋婕，译注. 上海：上海古籍出版社，2020：25.

不教女，不亦蔽于彼此之数乎！礼，八岁始教之书，十五而至于学矣。独不可依此以为则哉！"① 班昭提倡的女孩始于童年的教育，相对于在清代"女子无才便是德""由来忧患读书始"思想的广泛存在，具有积极而显见的意义。

到了宋代，朱熹在格物穷理认识论的基础上，形成了自身的思想方法论及道德目的论，并以此实现封建道德的准则，即"革尽人欲，复近天理"。朱熹将天理与人欲对立起来，"天理存则人欲亡，人欲胜则天理灭"。圣人之境就是天理流行，人欲不存，并且自然而然，无须勉强。一般人则要克制人欲，心存虔诚。"存天理，去人欲"成为修身养性的原则。朱熹的一元论客观唯心主义，把封建的社会道德原则视为天地万物的根源。作为中国封建社会儒家思想的集大成者，他的思想受到宋以后元、明、清三代封建统治者的推崇和青睐，不仅对于巩固中央集权的封建统治、维护封建社会秩序，起到了巩固和加强作用，而且对于宋以后妇德的观念、实践也产生了深远影响。宋以后的妇德实践，如守节、孝道等，因此发生了重大变化。

譬如守节。

对于女子贞操观念的重视，作为一种社会观念，在中国传统社会一直存在。"贞操之重，由于妇人权利丧失，社会

① 班昭，吕坤. 女诫 闺范译注 [M]. 黄冠文，宋婕，译注. 上海：上海古籍出版社，2020：17.

雅俗日常

事务，一无所预，徒以匹合之故，为男子所豢养。则其对于男子，守贞操自不得不严。西人某，谓'妇人以一事而易得毕生之安'是也。职是故，遂以贞操为女子最要之道德。《穀梁》曰：'妇人以贞为行者也。'《氓》之诗曰：'士之耽兮，犹可说也。女之耽兮，不可说也。'笺曰：'士有百行，可以功过相除。至于妇人，无外事，惟以贞信为节。'此语后人多称引之，足以见社之会思想矣。"① 作为第一个将《列女传》放入正史的史学家范晔，他在叙述女子传记时更多注重女子的才华和美德。"刘向传列女，取行事可为鉴戒，不存一操。范氏宗之，亦采才高行秀者，非独贵节烈也。"② 尤其是把"才高"放在第一位，与明代的节烈为重与清代的"女子无才便是德"的风行，具有天壤之别，形成了鲜明对比。

宋代道学兴盛后，男性传承父系家庭制度的重要性进一步凸显，君、父、夫的权力更加扩大。"与此同时，很难否定在宋代文化所有的观念和形象里，理学家关注的是那些尽可能地把妻子和丈夫的父系世系联系在一起的观念和形象。像司马光、程颐、朱熹、黄榦等一流学者都非常明确地排斥流行文化里与父系世系—父权制模式不一致的因素，比如女

---

① 吕思勉. 中国婚姻制度小史［M］. 北京：知识产权出版社，2018：70-71.

② 明史：卷三百一　列女一［M］//中华书局编辑部. "二十四史"（简体字本）：第63册. 北京：中华书局，2000：5149.

人的文学创作、女人的财产权、女人参与家门外边的事等等。因为他们希望从整体上强化父系原则，还因为他们看出来通过女人建立的联结纽带比较脆弱，他们试图把家庭标示为市场化关系无法进入的领域，而家庭内部个人间的联系纽带则应该建立在永久不变的——并且是父系的——原则基础上。"① 君权、父权、夫权的更加扩大，一直持续到明清时期。

对于贞节观念在宋代的变化，陈东原先生也说道："妇女应重贞节的观念，经程朱的一度倡导，宋代以后的妇女生活，便不像宋代以前了，宋代实在是妇女生活的转变时代。"② 至后世的元、明、清，对妇女贞节的提倡和表彰远超前朝。夫死守节，几乎成为寡妇的必要行为和应尽义务。元代节妇马氏，因乳生病，本应就医，否则就会危及生命。而马氏说自己身为寡妇，宁愿死去，也不可让男子见，后竟然因此死去。即使身有疾病，也因女子之身讳疾忌医，认为让男子看见体肤是一种耻辱。

明朝对节妇的奖励表彰力度最大。三十岁以前，夫亡守制，五十以后不改节者，旌表门闾，除免本家差役；官方还通过树牌坊，以此奖励贞节。

---

① 伊沛霞. 内闱：宋代妇女的婚姻和生活 [M]. 胡志宏，译. 南京：江苏人民出版社，2022：352.
② 陈东原. 中国妇女生活史 [M]. 北京：商务印书馆，2015：108.

明兴，著为规条，巡方督学岁上其事。大者赐祠祀，次亦树坊表，乌头绰楔，照耀井间，乃至僻壤下户之女，亦能以贞白自砥。其著于实录及郡邑志者，不下万余人，虽间有以文艺显，要之节烈为多。呜呼！何其盛也。岂非声教所被，廉耻之分明，故名节重而蹈义勇欤！

今掇其尤者，或以年次，或以类从，具著于篇，视前史殆将倍之。然而姓名湮灭者，尚不可胜计，存其什一，亦足以示劝云。①

即便如此，载入《明史卷三百一·列传第一百八十九·列女一》中的列女有月娥、刘孝妇、甄氏等近80人，《明史卷三百二·列传第一百九十·列女二》中的列女有欧阳氏、徐氏、冯氏等80余人，《明史卷三百三·列传第一百九十一·列女三》中的列女有120多人。其中《明史卷三百三·列传第一百九十一·列女三》"江都张氏兰氏等"一条记载：

> 张氏，江都史著馨妻。年二十六，夫亡。及城陷，抚其子泣曰："向也抚孤为难，今也全节为大。儿其善图，吾不能顾矣。"遂赴水死。

又兰氏，孙道升继妻。其前妻女曰四，兰所生女曰七，皆嫁古氏。次曰存，孙女曰巽，皆未嫁。其弟道乾、道新并先卒。道乾妻王氏，子天麟妻丁氏，道新妻古氏，其从弟子启先妻董氏。江都之围，诸妇女各手一刃一绳自随。城破，巽先缢死。兰时五十四，引绳自缢死。王氏、丁氏投舍后汪中死。古氏亦五十四，守节三十年，头尽白，投井死。有女嫁于吴，生女曰睿，方八岁，适在外家，从死于井。董氏以带系门枢，缢死。存病足，力疾投井死。董氏之娣，有祖母曰陈氏，方寄居，与董氏同处，亦自缢死。四与七同缢于床死。

同时有张廷铉者，妻薛氏，城破自缢死。廷铉之妹曰五，遇卒鞭挞使从己，大呼曰："杀即杀，何鞭为！"遂杀死。[1]

仅此条所记，死亡节烈女子达 14 人，惨烈之状不忍卒读。这些烈女，《明史》有名姓记载如黄善聪、卢佳娘者少之又少，大多为有姓无名，以"刘氏""余氏"等出现。明代节烈为重的提倡与褒奖戕害了无数女子的思想和生命，并对后世产生了深刻影响。"贞节观念经明代一度轰烈的提倡，

---

[1] 明史：卷三百三 列女三 [M] // 中华书局编辑部. "二十四"史（简体字本）：第 63 册. 北京：中华书局，2000：5195.

变得非常狭义，差不多成了宗教，非但夫死守节，认为当然；未嫁夫死，也要尽节；偶为男子调戏，也要寻死；妇女的生命，变得毫不值钱。"①

到了清代，节烈观念仍然根深蒂固。加上"女子无才便是德"观念的风行，其所造成的对妇女的精神桎梏和思想扼杀是毋庸置疑的。"清代是把封建社会后期对妇女要求的'三从四德'发展到极致的一个朝代。"② 郭松义先生在《清代的妇德实践》一文中论道："在中国传统社会里，道德是从属于礼的范围。'夫礼者，所以定亲疏、决嫌疑、别同异、明是非也。'礼最初只针对上层，原因是'礼不下庶人也'。对于下层则以俗相约束。俗就是习惯，却深受礼的影响，甚至转向趋同，这就是统治阶级利用权力的优势，将其所倡导的主流思想和行为准则对社会各阶层所起的侵蚀作用。我们要说的清代妇德教育就是这种模式下的产物，有等级亲疏之别，还带有强烈的政治内涵。具体地说，即把清统治者奉为圭臬的宋明理学中要求妇女行施的'三从四德'，切实地贯彻到每人的思想行动中去。"③

---

① 陈东原. 中国妇女生活史 ［M］. 北京：商务印书馆，2015：187.

② 郭松义. 清代政治与社会 ［M］. 北京：中国社会科学出版社，2015：181.

③ 郭松义. 清代政治与社会 ［M］. 北京：中国社会科学出版社，2015：164.

清代，贞节的思想、教义，已经超越于女性自身珍贵的生命之上，贞节第一，生命第二，如此"贞节观念之宗教化"已经到了无以复加的地步。未嫁尽节，室女守志，不但把女性置于三纲五常的伦理之中，更已经成为束缚、限制女性的血淋淋的铡刀，摧残着女性的思想、心灵、肉体。本就囿于室内，居于家中，在男性性别权力文化长期构建与演进的强势语境下，女性长久以来处于男权文化建构的弱势话语体系与社会环境之下。贞节观念所塑造的道德指南与行为规约，使得妻子越来越成为妇德教育与规诫要求的中心，所受到的约束和压迫越来越沉重。"清代二百余年的妇女生活，也是这样，取前此二千余年的妇女生活，倒卷而缫演之，如登刀山，愈登而刀愈尖；如扫落叶，愈扫而堆愈厚；中国妇女的非人生活，到了清代，算是'登峰造极'了！'蔑以加矣'了！不能不回头了！"① 这种疾呼虽然有着时代新潮的影响，但无论如何，女性受到的痛苦是任何美辞、彰饰也掩盖不了的。来自社会和道德的强大压力，在彰显主流意识形态的观念和威力的渗透力度之后，更是助长与强化了妇女内心自觉的非自觉的、有意识或潜意识的自我道德认同。外在的灌输教化观念与内在的或自主或被迫的道德观念选择结合在一起，进而在行为实践中表现出来，就成为一种强大的力

① 陈东原. 中国妇女生活史［M］. 北京：商务印书馆，2015：172.

量，决定女性彻底摆脱"三从四德"的自由平等之路艰难而坎坷。在烟雨渺渺的险途中，要等到一个崭新的绝不同于旧时代的新时代的到来，一丝微亮和一线曙光的出现，才能耀射进妇女的心灵。解放妇女的思想，为女性争取自由注入强大的思想活力，提供有力的行动指南。

二、家室内外

由上简述清代的社会环境与妇德实践要求，来反观三白夫妇处家人，尤其是陈芸处家人的方式，或许能从另一个角度窥见夫妇二人的困境与不易。处在清中期的陈芸，在如此严苛的"三从四德"的规范中，敬事公婆，和处夫妇，谨小慎微，不敢逾矩。

然而，居处日常，料理家事，难免有思虑不周之处，偶有细小的触碰闺范的举动，便会被人指摘、议论。婆媳之间的矛盾张力，对三白夫妇的生活造成巨大影响，也暗藏着陈芸命运变化的无端因由。

陈芸，从初为新妇到已为人母，陈芸在夫家，尚未完成由媳妇向婆婆角色的转变，因此，其在大家庭中的身份，始终是儿媳。遵守妇女道德，守好媳妇本分，是陈芸最重要的职责。在清代妇德要求的规范下，如何做一个好媳妇，是妇德实践的基本要求。清初士人陆圻，作《新妇谱》一书，对好媳妇的标准做了自己的界定。顺治十三年（1656），陆圻的女儿将要出嫁，其遂作《新妇谱》，以训示女儿。虽为赠女之书，实际上，陆圻还是希望此书能够让更多妇人依此循诵，传识习读。

《新妇谱》阐述新妇之德，从做人处事之道加以要求，涉及服侍翁姑、婉容颜色、夫妇相处等内容，要求新妇进退之间张弛有度，言语行为低眉柔顺，乃至声音高低、语言多寡，也成为妇人贤与不贤的标准，目的还是强调妇女的"未嫁从父，既嫁从夫，夫死从子"的"三从"之德，尤其是"既嫁从夫"的媳妇之德。《新妇谱》第一条云："近俗不知道理，闺女出嫁必要伊做得起。至问其所谓做得起者，要使公姑奉承，丈夫畏惧，家人不敢违忤。果尔，必是一极无礼之妇人，公姑必怒，丈夫必恨，群小皆怨，且乘间构是非；亲戚内外，视为怪物，何人作敬？宗族乡党闻之，皆举以为戒，则世之所为做得起者，正做不起也。吾今有一做得起之法，先须要做不起，事公姑不敢伸眉，待丈夫不敢使气，遇下人不妄呵骂，一味小心谨慎，则公姑丈夫皆喜，有言必听，婢仆皆爱而敬之，凡有使令，莫不悦从，而宗族乡党，动皆称举以为法。——则吾之所为做不起，乃真做得起也。"① 这是全书的纲领，体现了《新妇谱》的指导思想。阅读此段，对新妇顺从柔婉的要求体现在字里行间。

侍奉翁姑丈夫，强调要曲得欢心。就新妇而言，柔顺既

---

① 檀几丛书：第 4 册 ［M］. 刻本. 杭州：霞举堂，1695（康熙三十四年）.

有外在的行为体现，也是内在的责任义务。如此强调新娘的柔顺，旨在维持纲常伦理中长者的权威意志，体现等级与尊卑的上下关系。因而，对新妇的行为加以约束规范，不仅是妇德的基本要求，也是维护家庭和睦的基本要求。婆婆要求媳妇顺从，有朝一日，媳妇也会要求未来的儿媳顺从自己。同时，内闱和睦对于延续家族嗣脉、发扬家族荣光、教子成功名或成名节，至关重要。虽说"子不教，父之过"，古时教育子女主要是父亲或者丈夫应尽的责任。但是，当男子长期在外谋官谋业，或者业已早亡，身死名灭时，教育后代的重大责任就完全由母亲或妻子肩荷。妇言、妇容、妇功，只是为人妻的基本要求。抚子举业进举，光宗耀祖，或者灯前课子，教子入庠，才算贤淑高识，是为人妻、为人母义不容辞的责任。如若在贫寒困苦之家，能够力作抚孤，子有孝行，也算是妇德备俱。由此看来，妇德的规范绝不仅仅限于顺从一隅，妇德的标准是如此之高。

成妇之初，陈芸与婆婆相处融洽。其后，渐渐失欢于姑，至触怒于翁，遭受斥逐，颠沛流离，终憾恨不已，命赴黄泉。简单勾勒《浮生六记》中所记叙的家庭琐事，可得以窥见媳妇与翁姑之间矛盾的产生、进展。根据陈毓罴先生考索的三白年谱，重要家庭事件如下：

乾隆四十六年（1781），三白记："时为吾弟启堂娶妇，迁居饮马桥之仓米巷。"①

乾隆四十七年（1782），三白禀告母亲同意后，夫妇移居金母桥东一老妇人家避暑。是年九月，所住居所篱边园内菊花正盛，三白记："吾母亦欣然来观，持螯对菊，赏玩竟日。"②

乾隆五十年（1785），陈芸书写家信，因婆婆"疑其述事不当，仍不令代笔"③，久之遭到公公怀疑。三白记："吾父怒曰：'想汝妇不屑代笔耳！'"④

乾隆五十五年（1790），三白"密札致芸"，托陈芸为公公寻觅起居服役之人。其间，陈芸未向婆婆禀告，后说辞又前后不一，引起婆婆不悦。三白记："芸遂并失爱于姑矣。"⑤

乾隆五十七年（1792），陈芸为三白弟弟启堂借贷担保，沈父得知后询问启堂此事，启堂矢口否认；加之陈芸信中对公婆称呼不当，沈父愤怒不已。三白记父亲写给自己的信："汝妇背夫借债，谗谤小叔，且称姑曰令堂，翁曰老人，悖谬之甚！我已专人持札回苏斥逐。汝若稍有人心，亦当知过！"

① 沈复. 浮生六记 [M]. 北京：人民文学出版社，1980：7.
② 沈复. 浮生六记 [M]. 北京：人民文学出版社，1980：11.
③ 沈复. 浮生六记 [M]. 北京：人民文学出版社，1980：25.
④ 沈复. 浮生六记 [M]. 北京：人民文学出版社，1980：25.
⑤ 沈复. 浮生六记 [M]. 北京：人民文学出版社，1980：26.

雅俗日常

乾隆五十九年（1794），沈父明白借贷一事原委后，到萧爽楼招呼三白夫妇回家。三白记："前事我已尽知，汝盍归乎？"夫妇二人回到故宅，骨肉重圆。

乾隆六十年（1795），三白记："明年乙卯秋八月五日，吾母将挈芸游虎邱。"①

同年，陈芸欲将温冷香之女憨园纳为三白之妾。陈芸、憨园相见甚欢，携手登山，览物观胜。三白记："及憨园归，芸曰：'顷又与密约，十八日来此结为姊妹，子宜备牲牢以待。'"②

嘉庆元年（1796），因有人出千金之聘并许诺赡养其母，憨园被人夺去。陈芸因憨园薄情自己受愚，恨不能已，血疾大发。三白记："而芸终以受愚为恨，血疾大发，床席支离刀圭无效。时发时止，骨瘦形销。不数年而逋负日增，物议日起。老亲又以盟妓一端，憎恶日甚。余则调停中立，已非生人之境矣。"③

嘉庆五年（1800），因为友人做保，友反而携款远逃，三白反受负累。年末，放贷之西人为索债咆哮于门。沈父苛责之际，陈芸自幼盟誓之姊遣人问询陈云病情，沈父误以为来人为憨园遣派。此处三白记："堂上误以为憨园之使，因

---

①　沈复. 浮生六记 [M]. 北京：人民文学出版社，1980：14.
②　沈复. 浮生六记 [M]. 北京：人民文学出版社，1980：15.
③　沈复. 浮生六记 [M]. 北京：人民文学出版社，1980：27.

愈怒曰：'汝妇不守闺训，结盟娼妓；汝亦不思习上，滥伍
小人。若置汝死地，情有不忍，姑宽三日限，速自为计，迟
必首汝逆矣！'"①

此次被斥逐后，三白、陈芸再未回归故园。一双儿女，
姐姐青君和弟弟逢森，在三白夫妇被逐之际，青君被作为童
养媳，养于王尽臣之家；逢森被三白安排，跟随好友夏揖山
做学徒。经此一事，三白夫妇离家别居，陈芸再未得见自己
的亲生儿女。三白记："是行也，其母子已成永诀矣！"②

嘉庆八年（1803），陈芸病逝。三白记："一灵缥缈竟
尔长逝。时嘉庆癸亥三月三十日也。当是时，孤灯一盏，举
目无亲，两手空拳，寸心欲碎。绵绵此恨，曷其有极！"③
骨骸权葬于扬州西门外的金桂山。同年，三白携陈芸牌位回
家。三白记："携木主还乡，吾母亦为悲悼。青君、逢森归
来，痛哭成服。"④ 其时沈父离家，三白未见父亲一面。

嘉庆九年（1804），沈父病卒。三白记："刺骨痛心，
呼天莫及。无暇他计，即星夜驰归。触首灵前，哀号
流血。"⑤

嘉庆十一年（1806），三白得女儿青君书信，惊骇得知

———————————

① 沈复. 浮生六记 [M]. 北京：人民文学出版社，1980：28.
② 沈复. 浮生六记 [M]. 北京：人民文学出版社，1980：29.
③ 沈复. 浮生六记 [M]. 北京：人民文学出版社，1980：34.
④ 沈复. 浮生六记 [M]. 北京：人民文学出版社，1980：35.
⑤ 沈复. 浮生六记 [M]. 北京：人民文学出版社，1980：36.

儿子逢森夭亡。

至此，三白一家四口，妻子、儿子飘然诀世，女儿以童养媳长大成婚。妻离子散，家嗣难续。沈父病逝之际，三白未能见父最后一面。逢森早夭而逝，亦未得见父亲一面。三代人的生死离别，悲怆而别，泪落成行。人生求索艰难，世事沧海桑田，变幻匆匆的烟雨人间，经年历月，刻蚀着光阴流年，雕琢着人间冷暖。

至于陈芸，从十八岁出嫁沈家，其间患病八年，到四十一岁病逝扬州，二十三年的为妇为媳。夫妻二人共度患难，其间，有沧浪亭畔的蜜月欢愉，萧爽楼的烟火神仙，也有寄人篱下的困顿流离，遭受斥逐的非人之境。欢愉难尝，艰苦备至，及陈芸身没魂飞，三白感慨不已："呜呼！芸一女流，具男子之襟怀才识。归吾门后，余日奔走衣食，中馈缺乏，芸能纤悉不介意。及余家居，惟以文字相辩析而已。卒之疾病颠连，赍恨以没，谁致之耶？"①

"赍恨以没，谁致之耶？"三白在发问，读者在发问，研究者也在发问。

有的学者从传统社会文化的影响制约与家庭角度研究认为："沈复、陈芸夫妇的爱情萌生、发展于二人热爱美好、崇尚自由、天真直率的性格，他们的困窘也同样来源于这些与传统社会文化、家庭格格不入的特性。他们的爱情始于对

---

① 沈复. 浮生六记［M］. 北京：人民文学出版社，1980：34.

彼此'不合时宜'的性情的欣赏，而他们的赤子之心和明争暗斗的险恶社会环境之间的矛盾最终导致了这样一场凄婉的爱情悲剧。"① 还有的学者从封建礼教条的严苛角度来探讨陈芸两难的文化处境："《浮生六记》的女主人公陈芸是一个典型的江南女性，在她身上具有浓厚的江南情致，她有幸嫁给一个志同道合、各方面都有较高修养的丈夫，享受了幸福的婚姻生活。然而，她的文化处境却十分艰难，显出许多的不合时宜，她的美带上了凄艳的色彩。其翁姑用了封建礼教的教条来苛求她，不容她有'越轨''违规'行为，稍微不合其意，便将她赶出家门。陈芸两次被放逐的悲剧，在于她的两难处境，但主要责任不在她，而在于其翁姑，在于那个吃人的家长独尊制。"② 而陈毓罴先生的研究，在发问中体现："在《浮生六记》这部回忆录里，作者开卷即说此书'不过记其真情实事而已'。他真实地写了他们所经历的一场悲剧，'闺房记乐''闲情记趣'与'坎坷记愁'形成强烈之对比，且相互对照。举凡个性自由与封建礼法之冲突、老式家庭中之积弊（如家长专制、婆媳不和、兄弟阋于墙）、妇女之受压制等，莫不反映其中，作者时有愤极之语，亦不乏弦外之音。设若他所在的家庭真正能做到'父慈子

① 吴雪钰. "美"的开始与结束：《浮生六记》中的人物际遇之必然性 [J]. 安徽文学（下半月），2010（5）：133.
② 程小青. 试论《浮生六记》陈芸两难的文化处境 [J]. 福建工程学院学报，2009，7（5）：483.

雅俗日常

孝，兄爱弟敬'，而不是徒然标榜'衣冠之家'，又设若他所处的社会能尊重人的个性和特长，能尊重读书人和艺术家，使他们得以温饱，且有合适的环境与条件，发挥其才能，又何致有此种悲剧之发生？"①

那么，如果结合清代的妇德规范和实践，从婆媳关系来透视陈芸的人生际遇，会有不一样的结果吗？这样的发问是带着不确定性的，设想从某个角度透视直指本质的真相通常较为困难，只能期见从中折射出部分的真实生活形态与家庭场景，开写出另一种的答案，或许不能算是答案，只为一种别样的启发，一扇另外观照家庭生活的窗口。

《女诫·曲从第六》告诫妇人与公婆相处之道：

> 夫"得意一人，是谓永毕；失意一人，是谓永讫"，欲人定志专心之言也。舅姑之心，岂当可失哉？物有以恩自离者，亦有以义自破者也。夫虽云爱，舅姑云非，此所谓以义自破者也。然则舅姑之心奈何？固莫尚于曲从矣。姑云不尔而是，固宜从令；姑云尔而非，犹宜顺命。勿得违戾是非，争分曲直。此则所谓曲从矣。故《女宪》曰："妇如影

---

① 陈毓罴.《浮生六记》研究 [M]. 北京：社会科学文献出版社，2012：自序 3.

响，焉不可赏！"①

　　"曲"是"曲迎"，"从"为"顺从"，曲迎顺从是班昭所规训的为妇事舅姑之道。其中，她又将事姑之道做了重点强调。因为一般而言，公公和儿媳之间，少有直接而尖锐的冲突，而婆媳关系是影响家庭和睦的核心关系，处理好与婆婆的关系，是为妇之道的重要大事。

　　新婚之后，陈芸履行新妇之道：

　　　　芸作新妇，初甚缄默，终日无怒容，与之言，微笑而已。事上以敬，处下以和，井井然未尝稍失。每见朝暾上窗，即披衣急起，如有人呼促者然。余笑曰："今非吃粥比矣，何尚畏人嘲耶？"芸曰："曩之藏粥待君，传为话柄。今非畏嘲，恐堂上道新娘懒惰耳。"②

　　陈芸严格按照新妇之道，早起梳洗侍奉公姑，遵循着好媳妇的标准处身行事。

　　陈芸因不代婆婆书写家书，遭公公误解，三白欲为陈芸辩解，"芸急止之曰：'宁受责于翁，勿失欢于姑也。'竟不

---

　　①　班昭，吕坤. 女诫　闺范译注［M］. 黄冠文，宋婕，译注. 上海：上海古籍出版社，2020：33.
　　②　沈复. 浮生六记［M］. 北京：人民文学出版社，1980：3.

自白"。陈芸不让三白替自己辩解，也不自我辩白，就是戒惧失欢于姑。

三白母亲诞辰演剧，沈父所点的《惨别》等剧，陈芸不喜观看，只是躲进里屋。直到三白与沈母义女王二姑、俞六姑发觉后，王二姑出去请沈母点了《刺梁》《后索》等剧目，陈芸才出去观看。

迁居仓米巷后，夫妇因"秋暑灼人"，三白提议，如果陈芸愿意，可搬金母桥老妇人家避暑一月。陈芸"恐堂上不许"，担心婆婆不答应。等到三白请求禀告母亲允许后，二人才移居过去。

水仙庙神诞之日，有庆祝活动。陈芸闻三白细说盛况后，心向往之，又遗憾"惜妾非男子，不能往"①。三白提议女扮男装，陈芸初始欣然同意。"及晚餐后，装束既毕，效男子拱手阔步者良久，忽变卦曰：'妾不去矣。为人识出既不便，堂上闻之又不可。'"②为人识出的不便与堂上闻之的不可，成为陈芸出游的两大阻碍。虽然后来三白说，"余强挽之，悄然径去。遍游庙中"③，但是陈芸的心存顾虑与谨言慎行，则显示出她的循规蹈矩。

实际上，清中期，江南商品经济长足发展，人文积淀丰

① 沈复. 浮生六记 [M]. 北京：人民文学出版社，1980：11.
② 沈复. 浮生六记 [M]. 北京：人民文学出版社，1980：12.
③ 沈复. 浮生六记 [M]. 北京：人民文学出版社，1980：12.

厚蕴藉，吴地好游乐游之风亦不限于男子，裙衩出游已经较为普遍。妇女出游，可通过画舫之游览湖景山色，这一点在陈芸的话语中也可观见。三白夫妻二人也曾畅谈心机：

余尝曰："惜卿雌而伏，苟能化女为男，相与访名山，搜胜迹，遨游天下，不亦快哉。"芸曰："此何难。俟妾鬓斑之后，虽不能远游五岳，而近地之虎阜、灵岩，南至西湖，北至平山，尽可偕游。"①

三白与陈芸的交流也可看出，夫妇携游，并非为世俗万不能容。

除了画舫之游，节日之游、神诞日之游更是妇女出游的良好时机。成群结伴，丽人攒聚，购物观景，娱乐身心，妇人出游成为清中期一种特有的文化现象。如此的社会气象，虽在当世有不同的声音，对妇人多不事女红，往往借入庙烧香以游览名胜，视为陋习。但是，妇女出游的盛况是切实的：譬如，七月晦日为地藏王生日。妇女出游景况可见史书记载。"晦日为地藏王生日，骈集于开元寺之殿，酬愿烧香。妇女有脱裙之俗，裙以红纸为之，谓曾生产一次者，脱裙一次，则他生可免产厄。点肉身灯，为报娘恩。以纸锭管纳寺

① 沈复. 浮生六记 [M]. 北京：人民文学出版社，1980：9.

库，为他生资，谓之'寄库'。昏时，比户点烛庭阶，谓之
'地藏灯'。儿童聚砖瓦成塔，烧赝琥珀屑为戏，俗称'狗
屎香'。"① 这一天，众多妇女出游，云集寺殿，热闹纷繁。
"《常昭合志》：'三十日为地藏王生日。证度庵士女进香者
极盛。'"② 由此可见神诞日妇女出游盛况。妇女参与的宗教
旅游，打破了男女之间的界限。妇女们宗教朝圣游兼带购
物，山间寺僧也投其所好，出售一些花篮、耍货、梳具等杂
物，与木鱼一类的宗教法器等，满足妇女们的购物需求。

　　由此看来，明中叶至清代的江南，妇女旅游并不稀见。
神诞日妇女出游之多，间杂男女，突破了男女之大防。明清
时期，江南妇女在河湖山园、香市庙节的"'冶游'在某种
程度上冲击了封建伦理道德，受到了封建官府及其卫道士们
的抑制或打击，但客观上有利于江南社会进步和妇女自身的
精神面貌的改观和素质的提高"③。

　　但就是在这样的妇女出游较为宽松的氛围中，就陈芸而
言，水仙庙的神诞日之游，其对"堂上闻之又不可"却心
有顾忌。欲与三白一游太湖，一宽眼界，又有难以成行之
苦。三白说："正虑独行踽踽，得卿同行固妙，但无可托词

---

　　① 顾禄. 清嘉录［M］. 上海：上海古籍出版社，1986：126.
　　② 顾禄. 清嘉录［M］. 上海：上海古籍出版社，1986：127.
　　③ 宋立中. 明清江南妇女"冶游"与封建伦理冲突［J］. 妇
女研究论丛，2001（1）：47.

耳。"① 芸曰:"托言归宁。君先登舟,妾当继至。"② 夫妇二人又觉得没有正当理由向父母禀告,只好借口回娘家,才得以出游。可见,陈芸内心对妇德的遵守是自觉的,她内心的道德观念已经成为其选择决定自己外在行为是否符合妇德规范的标准。

弥留之际,陈芸唏嘘感叹:

> 今冥路已近,苟再不言,言无日矣。君之不得亲心,流离颠沛,皆由妾故。妾死则亲心自可挽回,君亦可免牵挂。堂上春秋高矣,妾死,君宜早归。③

一方面,陈芸愧疚自责,认为夫妇被家庭斥逐,三白不得父亲欢心,是因为自己,希望自己死后三白与父母可以握手言和,免去三白牵挂双亲之苦;另一方面,她又担心公婆年事已高,劝三白早日返家。拳拳之心,溢于言表。

可以说,陈芸克己守规,奉行妇道,曲从公婆,没有出格之举。然而,无论是陈芸自己观照自我,还是公婆基于家庭伦理,仍然觉得有背离规范之处。

夫妇第二次被斥逐,陈芸别家离子,与女儿青君告别

---

① 沈复. 浮生六记 [M]. 北京: 人民文学出版社, 1980: 12.
② 沈复. 浮生六记 [M]. 北京: 人民文学出版社, 1980: 12.
③ 沈复. 浮生六记 [M]. 北京: 人民文学出版社, 1980: 34.

雅俗日常

之夜：

> 青君泣于母侧。芸嘱曰："汝母命苦，兼亦情痴，故遭此颠沛。幸汝父待我厚，此去可无他虑。两三年内，必当布置重圆。汝至汝家须尽妇道，勿似汝母。"①

　　陈芸嘱托青君尽好妇道，不要像自己一样。陈芸所说，或许是意识到了自己在家庭之中与公婆相处时某些方面的不妥之处，这与陈芸洒脱、疏阔、不拘一格的个性有关。譬如，觅姚氏女服侍公公，未向婆婆明说缘由，两次解释反造成误会加深。信中对堂上称呼不敬，惹得三白父亲大怒。尤为公婆忌讳的，是说陈芸"不守闺训，结盟娼妓"，这成为三白夫妇最终被驱逐出家的重要原因。依沈父的思想观念，陈芸的行为违背妇德、相悖妇道，这与父辈眼中妇女需要遵守的闺约训规发生了冲突。陈芸的妇德实践在合乎严格的妇德母范要求的基础上，偶尔有所偏离，有所变化，而此，成为陈芸命运起伏跌宕的重要缘由。
　　此外，三白对陈芸一往情深，对待陈芸不受"妻为夫纲"的约束。

---

　　①　沈复. 浮生六记［M］. 北京：人民文学出版社，1980：29.

鸿案相庄廿有三年，年愈久而情愈密。家庭之内，或暗室相逢，窄途邂逅，必握手问曰"何处去？"私心怦怦，如恐旁人见之者。实则同行并坐，初犹避人，久则不以为意。芸或与人坐谈，见余至，必起立偏挪其身，余就而并焉。彼此皆不觉其所以然者，始以为惭，继成不期然而然。①

　　为再续夫妇来世情缘，三白说："来世卿当作男，我为女子相从。"②痴痴情深不能自已的笃诚，来世化身为女再做夫妻的平等思想，使得三白对男女主从之别并未介意，而成为男尊女卑制度的反抗者。

　　而陈芸，同样具有一定才学，持事自有主见，有时随心独行其事。为游醋库巷，在三白鼓动下，虽担心"堂上闻之又不可"，后又女扮男装前往游览；为和三白一起游览太湖，假托言辞回娘家，而得以一览太湖妙境，既而感叹："此即所谓太湖耶？今得见天地之宽，不虚此生矣。想闺中人有终身不能见此者。"③正因有着如此个性之举，三白说"芸一女流，具男子之襟怀才识"。

　　如此一来，三白夫妇追求自由的飒爽个性，在时代的宏

①　沈复. 浮生六记 [M]. 北京：人民文学出版社，1980：5.
②　沈复. 浮生六记 [M]. 北京：人民文学出版社，1980：10.
③　沈复. 浮生六记 [M]. 北京：人民文学出版社，1980：12.

雅俗日常

观环境之下，就受制于社会、家庭、教化等特定时代的内在规定性与道德狙击性，与礼教习俗形成一定的冲突。即便有夫妻之间的恩义，良友之间的相知，在一场场的家庭冲突中，每一次看似偶然的事件引发的冲突，其实已经暗藏着必然的人生悲剧要素。

第三节　兄弟

兄弟关系是家庭中天然的血亲关系，为天伦之一。

《论语》有云："切切、偲偲、怡怡如也，可谓士矣。朋友切切、偲偲，兄弟怡怡。"[1]

司马迁《史记·五帝本纪》中云："举八元，使布立教于四方，父义，母慈，兄友弟恭，子孝，内平外成。"[2]

《颜氏家训·兄弟第三》写道："夫有人民而后有夫妇，有夫妇而后有父子，有父子而后有兄弟：一家之亲，此三而已矣。自兹以往，至于九族，皆本于三亲焉，故于人伦为重

① 论语［M］//孟子，等. 四书五经. 北京：中华书局，2009：30.

② 史记：第 1 册［M］. 北京：中华书局，2014：42.

者也，不可不笃。"① 九族本于夫妇亲、父子亲、兄弟亲的"三亲"，兄弟作为"三亲"之一，在家庭伦理中十分重要。

"兄弟，天伦也。"兄弟之伦为家庭伦理的重要一极。兄之所贵为友，弟之所贵为恭。兄弟天伦与朋友人伦，虽在"友于兄弟"的"友"之内涵上有部分的趋同性，但是仍然有所区别。朋友一伦，是"切切、偲偲"，互相勉励督促；而兄弟之间，除了"怡怡"和顺，如果能够再有朋友间的"切切、偲偲"，将责勉与和顺合而为一，就是更趋理想的兄弟关系。再进一步，兄友弟恭，兄如朋友相互责勉，和悦愉快，融洽和睦，弟则恭敬谦逊，重礼有仪，和易恺悌，如此友好亲爱、亲密无间的兄弟关系，是将兄弟亲情与贤友良朋融为一体的最佳状态。

不过，情同手足的兄弟之情，与"切切、偲偲"的朋友之情还是有着明显区别，即在于兄弟为"三亲"一种的血亲属性。在兄弟之间，爱敬于心，友顺于行，内心诚敬，行为有方，不仅是"兄爱而友，弟敬而顺"的"礼之善物也"，而且能享受到人人钦羡的天伦之乐。因而《孟子·尽心上》中言："君子有三乐，而王天下不与存焉。父母俱存，兄弟无故，一乐也；仰不愧于天，俯不怍于人，二乐

① 颜氏家训［M］. 檀作文，译注. 北京：中华书局，2011：19.

也；得天下英才而教育之，三乐也。"① 孟子把"父母俱存，兄弟无故"，放在君子三乐的第一位，可见孟子对于父子、兄弟天伦之乐的推崇和重视的程度。

《论语》言："君子笃于亲，则民兴于仁。"② 兄弟人伦之重，在笃厚、真诚、纯一的血浓于水的血缘关系中，较之友情，在珍贵的视角上有所区别侧重。九族本源中，一家之内唯有父子亲、兄弟亲、夫妇亲的"三亲"。而父子、兄弟、夫妇，则是人伦之大。

兄弟之间，有长幼之别，却不像父子一样，存在上下尊卑、臣服顺从的秩序与等级，兄弟和怡怡的天伦之乐，笃于兄弟患难血浓于水的亲情故事，见之于书的不少。另一方面，有缺憾的兄弟情，生罅隙的手足义，也可时见。兄弟之间的怨怼与愤怀，或因观念不同，或因行为相异，或因姒娣非议，或因资财纠葛，等等，不管是基于道德伦理层面的分歧，还是因为家庭财产引起的决裂，分合聚散之中，恩亲记仇之外，事实上对理想、高格的兄弟伦理无疑形成了挑战，酿造出兄弟阋墙的纷争与隔阂。

《闺范》中《嘉言》一卷，记北宋文学家柳仲涂所言：

----

① 孟子［M］∥孟子，等. 四书五经. 北京：中华书局，2009：112.

② 论语［M］∥孟子，等. 四书五经. 北京：中华书局，2009：19.

柳开仲涂曰："皇考［父也］治［平声］家孝且严，旦望诸妇等拜堂下，毕，即上手［拱手］低面［低头］，听我皇考训诫曰：'人家兄弟，无不义者，尽因娶妇入门，异姓相聚，争长竞短，渐［音尖］渍［音自］日闻，偏爱私藏，以致背戾，分门割户，患若贼仇，皆汝妇人所作。男子刚肠者几人，能不为妇言所惑？吾见罕矣，若等宁有是耶？'退［诸妇］则惴惴［音坠，恐惧］，不敢出一语为不孝事。开辈抵此，赖之得全其家云。"①

所说兄弟嫌隙是由娶妇入门而生的。

颜之推撰写《颜氏家训》，论述修身齐家之道，后世推崇备至。言及兄弟之情，他说道：

兄弟者，分形连气之人也。方其幼也，父母左提右挈，前襟后裾，食则同案，衣则传服，学则连业，游则共方，虽有悖乱之人，不能不相爱也。及其壮也，各妻其妻，各子其子，虽有笃厚之人，不能不少衰也。娣姒之比兄弟，则疏薄矣；今使疏薄之人，而节量亲厚之恩，犹方底而圆盖，必不合

① 班昭，吕坤. 女诫 闺范译注［M］. 黄冠文，宋婕，译注. 上海：上海古籍出版社，2020：290.

矣。惟友悌深至，不为旁人之所移者，免夫！①

上述所讲也不出因妇人挑唆致兄弟失和，强调兄弟友悌情深，不为妇人左右。

民间谚语，有"兄弟一块肉，妇人是刀锥"之说，也有"兄弟一釜羹，妇人是盐梅"之语。剜割离间，致手足分散，是妇人之过；兄弟齐心，其利可断金，也是妇人之功。其中折射出的，一方面是妇德教化中睦和姊叔的伦理要求，强调为妻为妇者，在家庭和睦、伦理关系中的关键地位和作用。正如有学者说，随着宋代父制的倾斜，"在传记文学中，妇德的重心也从女儿转到了妻子和寡妇"②。另一方面，则是将兄弟一伦置于夫妇之上，以血缘关系之重，视姻亲关系之轻，在家庭中为"内""外"之别、"公""私"之间划分出界限，视妻子为天然兄弟之情感——天亲的离间者和破坏者。在此，妇的地位之卑，又一次找到了合理证据。民间有"兄弟如手足，妻子如衣服"之语，妻子的"从"之地位又有了出处与注脚。妇道的训教，对于妻子的训诫，除了处夫妇、事舅姑之外，和姊叔又成为不可或缺的一条道德规范。而其中所逃逸的，作为一种隐形的存在——

① 颜氏家训［M］. 檀作文，译注. 北京：中华书局，2011：19–20.

② 卢苇菁，李国彤，王燕，等. 兰闺史踪：曼素恩明清与近代性别家庭研究［M］. 上海：复旦大学出版社，2021：194.

为"夫"一方的责任被抽离了出来，兄或弟由于自身的隘不容物、狭不顾亲所造成的歧异、仇恨、怨毒、决裂，有时不是客观的反诸之身的审视，而是怪罪于妻子。由此亦可见妻子之受压迫与被轻视的一面。

实际上，兄弟之间亦亲亦友的理想关系，常常遭遇现实的坚冰。兄友弟恭的伦理价值，如有任何一方不处兄弟之道，即使根本没有妯娌争短说长，失和、交恶的前因就已产生了。因此颜元有语云："骨肉之间最难处，亦最易处。弟事兄果能不竞利，一切让兄，不动气，一切任罪，兄独何心而必我恶乎？"[①]"最难处"在"最易处"之前，不仅在前后叙述之别，更见兄弟人情上的和顺勉励之难。

《浮生六记》中，三白记述发生自己与弟弟启堂之间的事情，见有以下几处。

弟启堂娶妇，三白合家迁居饮马桥的仓米巷。

父亲在邗江生病，弟弟与自己一起随侍父亲。

启堂向邻妇借贷，陈芸做保。

陈芸死后，三白携陈芸木主返乡，启堂言父亲因第二次斥逐三白夫妇一事，余怒未消，劝哥哥暂时回扬州，等父亲回家气消后，再专门去信告知。

父亲去世，三白回家奔丧，遇上有人登门索债。启堂恐三白争夺遗产，为难三白。

① 颜元. 颜元集［M］. 北京：中华书局，1987：465.

雅俗日常

父亲下葬，启堂要侄子逢森向三白转述，丧事费用用度缺乏，让三白帮助拿出一二十两银子。

父亲去世后，三白家故居已经为别人所有，三白母亲居住在九妹家。三白去重庆之前，往九妹家与母亲叩别。三白记："汝弟不足恃。汝行须努力，重振家声，全望汝也！"①

上述事件中，启堂向邻妇借贷一事，成为沈父误会陈芸的因由之一。因此事，三白夫妇遭到斥逐，沈父手谕，命令三白携妇离家别居。因为遗产，启堂于父亲去世之际，与兄长为难，三白恸哭不已。兄弟之间矛盾的主要起因，涉及金钱部分，无论是启堂借贷还是启堂对三白争夺家产的担忧。《浮生六记》中，三白夫妇在启堂结婚后，离家别居的时日较多。父子、兄弟之间，在生活单位与家庭形态上，实质上已经分爨。沈家两兄弟三白、启堂成婚后，对于家庭祖辈财产的分割继承，也就是所谓的分割财产，并未正式进行。有时，分爨与分割财产并不是同步进行的。

王跃生在考察了乾隆四十六年（1781）至乾隆五十六年（1791）的刑科题本后，对清中期分爨分产与立嗣继产的方式与冲突得出结论："十八世纪中后期的兄弟关系中容易引发冲突的就是财产纠纷。"② 同时他指出，"至少在徽州

① 沈复. 浮生六记［M］. 北京：人民文学出版社，1980：38.

② 王跃生. 清中期分爨分产与立嗣继产的方式与冲突［C］// 中国社会科学院历史研究所明清研究室. 清史论丛：2000年号. 北京：中国广播电视出版社，2000：160.

地区十八世纪兄弟争产分家具有一定普遍性"①。清代中期，有娶妇后多析爨居处的府县不少，广东、琼州一代的分爨异财，就是在男女有室后，将分灶吃饭与分割财产结合起来。而兄弟阋墙，与财产纠葛有关的不在少数。"在中国传统社会中，家庭财产的继承以及由此引发的冲突是比较普遍的社会现象。这是由中国社会中财产的继承特征所决定的。根据官方原则和家族的宗规族训，家庭财产的继承实行均分继承制。这有别于西方社会以及东方日本的长子继承或不可分割继承制度。从一般意义上讲，均分原则因照顾到各个人的利益和需求，应能将家庭矛盾降到最低限度。但这种财产分割的平均与财产分配时间的不确定（完全由家长决定何时分配）会发生矛盾。另外，在有多个子女的情况下，这种分割并不是一次完成的，家长往往可能会将先结婚子女分出去。更为重要的是，中国社会中的财产继承并非单纯的物质形态的继承，而且包含血胤的继承，进而与香火的继承联系在一起。"② 然而，在三白看来，弟弟启堂的举动，在兄弟之间造成的摩擦，严重伤害了兄弟情谊。三白告诉启堂："兄虽不肖，并未作恶不端。若言出嗣降服，从未得过纤毫嗣产。

① 王跃生. 清中期分爨分产与立嗣继产的方式与冲突[C] // 中国社会科学院历史研究所明清史研究室. 清史论丛：2000年号. 北京：中国广播电视出版社，2000：160.

② 王跃生. 清中期分爨分产与立嗣继产的方式与冲突[C] // 中国社会科学院历史研究所明清史研究室. 清史论丛：2000年号. 北京：中国广播电视出版社，2001：151.

此次奔丧归来，本人子之道，岂为争产故耶？大丈夫贵乎自立，我既一身归，仍以一身去耳！"① 因为此事，三白极度悲伤失望，一度产生离家出走藏之深山、遁世修仙学道的念头。

从三白的角度看，因为堂伯父早亡，没有后人，父亲已经把自己过继给堂伯父，作为伯父一支嗣系的继承者。所谓"出嗣降服"，是指在过继给他人做继子后，本应为亲生父母服三年之丧，因为出继，则将三年服丧降为一年之服。立嗣与继产不可分割。正因如此，三白并不抱有与弟启堂争夺遗产之念。因而，面对弟弟的为难之举，三白"大恸"在所难免。在财产利益面前，切切、偲偲、怡怡，友、恭、笃、亲，兄弟之大伦崩倒坍塌，既为俗世日常生活的展现，也是兄弟日常薄情的凸显。

如果说，三白基于自身立场，对兄弟嫌隙的叙述可能会有偏见，或者不公正之处，有责备弟弟的嫌疑。而这一切，或许从沈母的交代中可见另一侧面："汝弟不足恃。汝行须努力，重振家声，全望汝也！"为人母者，对待自己的儿子，虽说不会一碗水绝对完全端平，但是，除非是有着切身感受，否则不会轻言兄是弟非。由此或可见兄弟处事方式的不同与矛盾生发的端倪。

---

① 沈复. 浮生六记［M］. 北京：人民文学出版社，1980：36-37.

另外，在这场兄弟争夺财产的冲突中，陈芸早逝，无论如何不会涉猎其中。这与腐儒提倡的充满道学方巾之气纲常名教中的妇德规范，认为原本兄弟相得甚欢，及有妻子，谗言生隙的责难，产生了悖论与驰离。为夫一方的过错，归咎于妻子的离间，在偏离客观公允的准绳下，女性遭遇的严苛评判与不情之论，使得为妻为妇之道更增加了不清朗、不光明的灰色气息。

《周易·家人》一卦云："父父、子子，兄兄、弟弟，夫夫、妇妇，而家道正。正家，而天下定矣。"① 父子、兄弟、夫妇，人伦者三。《浮生六记》首段，三白记："不过记其实情实事而已。"书中将生活的本真面目呈现了出来，不回避，不粉饰，责及自身，无怨他人。血缘与姻亲、内闱与公域，家庭空间之内的家人之间，出演了一幕幕家庭的悲欢离合。即如俞平伯先生所说："《浮生六记》一书，即是表现无量数惊涛骇浪相冲击中的一个微波的银痕而已。但即算是轻婉的微波之痕，已足使我们的心灵震荡而不怡。"是的，时至今日，种种真实的日常琐屑，处处可见的人伦纲常，这中国家庭中即便轻婉的微波印痕，仍令人叹惋、痛悯。

① 周易 [M] // 孟子，等. 四书五经. 北京：中华书局，2009：511.

第三章

友
朋

五伦之中，可以"友"作为相处关系准则之一的，有兄弟、朋友二伦。不过，兄弟之间的骨肉手足之情，与朋友之间的处"友"之道，又有所差异。朋友一伦，断血缘，别众人，远政治。朋友之间，少了血缘关系的羁绊，又与一般之交的泛泛众人区别开来。因而，交往的空间更加宏阔广大，尤其是君子之间的友朋关系，交往的境界更加高妙深远，于死生、贫富、贵贱、荣辱之间，更可彰显朋友一伦的道德价值光彩，凸显朋友之间可贵的交情交态。

《论语》论处友之道，精要详细，影响深远。后世友道发扬光大，与《论语》关联甚大。其中论及朋友之处甚多，大部分是强调"信"对交朋友的重要性。

吾日三省吾身：为人谋而不忠乎？与朋友交而不信乎？传不习乎？①

弟子入则孝，出则弟，谨而信，泛爱众，而亲仁。②

与朋友交，言而有信。③

————————

① 论语［M］// 孟子，等. 四书五经. 北京：中华书局，2009：5.

② 论语［M］// 孟子，等. 四书五经. 北京：中华书局，2009：5.

③ 论语［M］// 孟子，等. 四书五经. 北京：中华书局，2009：5.

主忠信。无友不如己者。过则勿惮改。①

老者安之，朋友信之，少者怀之。②

子张问行。子曰："言忠信，行笃敬，虽蛮貊之邦行矣；言不忠信，行不笃敬，虽州里行乎哉?"③

论乐于交友，乐多贤友：

有朋自远方来，不亦乐乎?④

益者三乐，损者三乐。乐节礼乐，乐道人之善，乐多贤友，益矣。乐骄乐，乐佚游，乐宴乐，损矣。⑤

论友如兄弟，患难与共：

---

① 论语［M］// 孟子，等. 四书五经. 北京：中华书局，2009：5.

② 论语［M］// 孟子，等. 四书五经. 北京：中华书局，2009：14.

③ 论语［M］// 孟子，等. 四书五经. 北京：中华书局，2009：34.

④ 论语［M］// 孟子，等. 四书五经. 北京：中华书局，2009：5.

⑤ 论语［M］// 孟子，等. 四书五经. 北京：中华书局，2009：36.

愿车马、衣轻裘，与朋友共。敝之而无憾。①

朋友死，无所归。曰："于我殡。"②

子路问曰："何如斯可谓之士矣？"子曰："切切、偲偲、怡怡如也，可谓士矣。朋友切切、偲偲，兄弟怡怡。"③

论交友之道，敬、恭以礼：

晏平仲善与人交，久而敬之。④

君子敬而无失，与人恭而有礼。四海之内，皆兄弟也。⑤

子贡问友。子曰："忠告而善道之，不可则止，毋自辱焉。"⑥

---

① 论语［M］//孟子，等. 四书五经. 北京：中华书局，2009：14.

② 论语［M］//孟子，等. 四书五经. 北京：中华书局，2009：24.

③ 论语［M］//孟子，等. 四书五经. 北京：中华书局，2009：30.

④ 论语［M］//孟子，等. 四书五经. 北京：中华书局，2009：14.

⑤ 论语［M］//孟子，等. 四书五经. 北京：中华书局，2009：27.

⑥ 论语［M］//孟子，等. 四书五经. 北京：中华书局，2009：28.

论友学勉励，以道辅仁：

　　以能问于不能，以多问于寡；有若无，实若
虚，犯而不校，昔者吾友尝从事于斯矣。①

　　益者三友。损者三友。友直，友谅，友多闻，
益矣。友便辟，友善柔，友便佞，损矣。②

　　君子以文会友，以友辅仁。③

《论语》尊崇朋友之道，乐于交友，乐多贤友，共经患
难，重道辅仁，互勉互助，善以成之等，君子交友的道德道
义，秉持道义名分伦理，以道之交的同道之友最为可贵。朋
友之交中，"信"一字千钧，尤为重要。五伦在论及朋友一
伦，把"朋友有信"作为基本的道德规范。言必由衷，诚
实不欺，重信然诺，是同道同志的朋友肝胆相处的基本道德
准则。当然，这"信"是合乎道义之"义"基础上的
"信"，而不是一味盲目、徒然、无所甄别的"信"。因此，
孔子说："始吾于人也，听其言而信其行；今吾于人也，听

　　① 论语［M］//孟子，等. 四书五经. 北京：中华书局，
2009：19.

　　② 论语［M］//孟子，等. 四书五经. 北京：中华书局，
2009：36.

　　③ 论语［M］//孟子，等. 四书五经. 北京：中华书局，
2009：28.

雅俗日常

其言而观其行。"① 无论是"以友辅仁",通过朋友提升自我的道德修养,还是寻求选择对自己有益的朋友,在"友直、友谅"之外,以"友多闻"而向朋友学习以丰富自己的见闻,交友之"信"则始终是朋友之间自然和相悦的道德基础。

朋友之交"信"字当头,除此之外,还要持"敬",做到"久而敬之"。所谓"敬",是指态度恭敬,言行合礼。在忠信交友的基础上,恭敬尊重,合乎礼仪,才能使友谊之树常青。

朋友之间信敬有礼、同心同德、金兰情谊、互补臻和,以友辅仁,成为君子人格的内在道德要求,更使得君子之交友既难且易。虽有陆世仪所说:"天下惟朋友一途最宽,不得于此,则得于彼;不得于一乡,则得于一国;不得于一国,则得于天下;不得于天下,则得于古人——惟吾所取之耳。"② 然而,人生得一知己仍为不易。贤良之友,直谅之友,多闻之友,已为属不易,而金石之谊,生死之交,刎颈之交,多与危局乱世伴随,更是可遇而不可求。

三白《浮生六记》,记友之事不少。三白与诸位朋友,或帮扶于患难之间,或寄情于山水之乐,或志同于慷慨之风,

———————

① 论语[M]//孟子,等. 四书五经. 北京:中华书局,2009:13.

② 陆世仪. 思辨录辑要[M]//景印文渊阁四库全书第724册. 台北:台湾商务印书馆,1982.

或和乐于意气相投。朋友，对三白的人生际遇产生了至关重要的影响，并在一定程度上改写了三白的命运，为三白的人生打开了较为敞亮明丽的空间。从三白的交友实践中，或许可以窥见清中期上下层文人择友交友的道德选择和伦理价值。

第一节　总角之交

三白《浮生六记》所录记友人，对三白人生影响最大的，是石琢堂。

父亲去世，三白回家奔丧，弟弟启堂因财产之事与三白为难，三白心灰意冷，加上生活无着，想要逃遁于尘世之外。得友人夏淡安、夏揖山大力规劝，暂时打消念头。劝慰之际，夏淡安说道听闻石琢堂要告假回籍，建议三白等其回家前往拜见，以谋得一个职位。而石琢堂，是三白的幼年好友。

> 琢堂名韫玉，字执如，琢堂其号也，与余为总角交，乾隆庚戌殿元，出为四川重庆守，白莲教之乱，三年戎马极著劳绩。及归，相见甚欢。旋于重九日，挈眷重赴四川重庆之任，邀余同往。①

① 沈复. 浮生六记 [M]. 北京：人民文学出版社，1980：38.

这是乙丑年（1805）七月，石琢堂从都城回老家时三白的记述，其中对石琢堂的出仕情况做了简单介绍。学者来新夏，根据对清人年谱研究所见，撰写《近三百年人物年谱知见录》："每读一谱，便写一篇书录。每篇书录除记谱名、编者、卷数、版本、著录情况、谱主事略、编纂缘起和藏者外，还增著了谱内有无可供采择的史料和涉及那些史料这一内容。"①《近三百年人物年谱知见录》一书记载：

《独学老人年谱》　清吴嵊编　清道光间刊本
《上海图书馆馆藏年谱目》著录。

杭州大学图书馆：《中国历代人物年谱集目》著录。

谱主石韫玉，字执如，自称独学老人。江苏丹阳人。清乾隆二十一年（一七五六年）生［此谱不载卒年。据姜亮夫《综表》载，谱主卒于道光十七年（一八三七年），年八十二岁］，乾隆五十五年（三十五岁）以一甲第一名进士及第。历任修撰，湖南学政，重庆府知府，陕西潼商道，山东按察使、署布政使等官。谱主在四川任官时曾参与勒保镇压川陕教军之活动。嘉庆十二年去官后，历

① 来新夏. 近三百年人物年谱知见录［M］. 上海：上海人民出版社，1983：代序10.

掌杭州紫阳书院、江宁尊经书院、苏州紫阳书院。所著有《独学庐稿》，并校勘《全唐文》，选刻明八家古文、清十家古文等。

是谱编者系谱主之甥并曾受业于谱主，至道光十一年（七十六岁）止，记仕历及家事。其嘉庆八年条附谱主所撰《教匪始末》一篇，与川楚教军有关。其中记白莲教以分土地相号召之宣传称：

"他日世界不习教之人既死，旷土间田甚多，教中人先纳地税若干，将来按税授田。贪者又惑其说而从之。"

谱后附《竹堂治谱》，记谱主在蜀、鲁之"政绩"，语多赞谀；惟其中有与四川啯噜会及其他秘密结社有关之记载。

上海图书馆藏①

三白所记石琢堂，与《独学老人年谱》所记，大体是一致的，后者更为具体一些。乙丑年（1805）两人见面后，三白跟随石琢堂赴重庆。此次见面，三白的生计得以解决，颠沛流离、饥寒衣单的困顿生活得到缓解。其后，三白与石琢堂或琢堂家人先后到达过荆州、樊城、潼关、山东、北京

---

① 来新夏. 近三百年人物年谱知见录 [M]. 上海：上海人民出版社，1983：130.

雅俗日常

等地，开始了自己跟随石琢堂长达数年的游幕生涯。

《浮生六记》中，三白记石琢堂除上述一处之外，在乙丑年（1805）之前，还记有几件事。

其一：

> 友人石琢堂为题赞语于首，悬之内室。①

这是记石琢堂在画家戚遵（柳堤）为三白夫妇画的月下老人像题写的赞语。

三白之子逢森夭亡后，石琢堂感叹不已，送给三白一个妾室。

嘉庆十年（1805），"八月，石氏为三白题《载花归去月儿高》画卷及《梅影图》"②。

《浮生六记》卷四《浪游记快》末段记述："至丁卯秋，琢堂降官翰林，余亦入都。"③ 此后书中未再见记载石琢堂。

另据陈毓罴考证：

> 嘉庆十三年（1808 年）　戊辰　46 岁
>
> 三白在北京。经石韫玉向其同事齐鲲推荐，三

———————

① 沈复. 浮生六记 [M]. 北京：人民文学出版社，1980：10.

② 陈毓罴.《浮生六记》研究 [M]. 北京：社会科学文献出版社，2012：34.

③ 沈复. 浮生六记 [M]. 北京：人民文学出版社，1980：62.

白以幕客身份，参加赴琉球使团。翰林院编修齐鲲为正使，工科给事中费锡章为副使，前往琉球册封尚灏为国王。①

嘉庆十五年（1810 年）　庚午　48 岁

石韫玉为题《琉球观海图》。见石氏《独学庐三稿》之《晚香楼集》卷三《题沈三白〈琉球观海图〉》诗。②

有时，人们会将师友并提。师与友的关系，师重德，友重义。老师与弟子并非五伦之一，但亦师亦友的观念使得师友常常并论。朋友伦理，是除却血缘、宗法的家族关系之外重要而亲密的社会关系。三白与石琢堂的友谊贯穿三白的一生。石氏为三白画卷题写赞语，又救济三白于困危之际。二人之交，至少体现君子交友之道的两个方面。其一，成道义之交。"君子以文会友，以友辅仁，是道义之交，诚挚不易变，故于患难之中见真情。"③ 其二，做分内之事。临难之际，可显友情深浅；事急之时，则见友之真伪。死生知交

①　陈毓罴. 《浮生六记》研究［M］. 北京：社会科学文献出版社，2012：35.
②　陈毓罴. 《浮生六记》研究［M］. 北京：社会科学文献出版社，2012：36.
③　牟钟鉴. 君子人格六讲［M］. 北京：中华书局，2020：38.

情，贫富知交态，贵贱见交情。友之所以辅仁，就是论交既定，则急难通财，乃分内事。反之，若是以急难通财而求友，则不可以言友矣。作为朋友，物质层面的扶危济困是一个层次，也是处朋友的应有之义。而精神层面的以文会友，是友道伦理的另一个层面。尤其是"以文会友，以友辅仁"，更是扩大了交朋友的价值。朱熹言："讲学以会友，则道益明；取善以辅仁，则德日进。"结交朋友的目的和意义，在于"辅仁"，就在于通过"学"，朋友之间的切磋琢磨，明白道的真义；在于通过"善"，也就是与具有忠信、笃敬、善德的朋友交往，受其嘉言、善行熏陶浸染，以精进自己的德行。由此，以朋友之间的相助相辅、以义相聚，实现明道进德，相成相济，辅仁成事。

石琢堂作为一甲第一名进士及第，官位显赫，相比于一介平民的三白，位高权重。时位造成的落差，并未灼伤两人的儿时情谊。总角之交的顾念照应、支持帮扶，使三白得以摆脱遁世之念。三白与琢堂，用文章学问交流，得以聚朋会友；而又通过朋友之道，帮助自我培养君子仁德。可以说，友伦的真挚之光，照亮了三白不惑之年之后的灰暗人生。而《浮生六记》卷四《浪游记快》中"浪""快"二字在有"友"加持的一抹亮光下，更加具有了表达寄托的根基与鲜活多样的体现。

《礼记·儒行》论及交友之道："儒有合志同方，营道同术；并立则乐，相下不厌；久不相见，闻流言不信；其行

本方立义，同而进，不同而退。其交友有如此者。"① 三白
与石琢堂的笃朋友之交，正是《礼记·儒行》中"并立则
乐，相下不厌"的交友之乐的典型体现。

第二节　知己之交

从"士为知己者死"，可见豪杰之士于危难之际、生死
关头对友道的无畏担当，"死友"可以视作对这一友道伦理
的坚定实践者。有"人生得一知己足矣"，也有"音实难
知，知实难求，逢其知音，千载其一乎"，可见得有情深义
重的朋友，实属不易。《浮生六记》中，三白记叙自己的知
己之交，有两位：第一是知己顾金鉴，第二是知己烛衡。

有同习幕者，顾姓名金鉴，字鸿干，号紫霞，
亦苏州人也，为人慷慨刚毅，直谅不阿。长余一
岁，呼之为兄。鸿干即毅然呼余为弟，倾心相友。
此余第一知己交也。惜以二十二岁卒，余即落落寡
交。今年且四十有六矣，茫茫沧海，不知此生再遇

---

　　① 礼记 [M] // 孟子，等. 四书五经. 北京：中华书局，
2009：451.

知己如鸿干者否？①

　　顾鸿干首次出现在《浮生六记》，是在卷四《浪游记快》。叙及鸿干时，三白已四十六岁。三白初次与鸿干相见，是在乾隆四十六年（1781），三白十九岁，鸿干二十岁。二人一起跟随蒋襄在奉贤习幕。至四十六岁追忆往事，仍慨叹茫茫人海不知是否能够再次遇到这样的知己。乃至多年以后，三白在游览高义园即范文正公墓时，由上沙村过鸡笼山，回忆起过往与鸿干同游此地仍旧发出由衷慨叹："即余与鸿干登高处也。风物依然，鸿干已死，不胜今昔之感！"②当时二人在高义园，"坐轩下，惟闻落叶萧萧，悄无人迹"③，何等旷达逍遥！而今，故地重游，睹物思人，却已是桃花人面，物是人非。二十七年的茫茫沧海，早已湮没世事变迁。俊杰廉悍的青春时代，一朝相遇；临近知命的半百之年，还在顾念。可见三白与鸿干知交情谊之深、之厚。

　　三白记与鸿干交往，"襟怀高旷，时兴山居之想"④。二人多在登高望远，览景睹胜，流连忘返。苏州寒山登高，于悄无人迹之处，听落叶萧萧；相扶游览胜景，只为寻觅偕隐

　　① 沈复. 浮生六记［M］. 北京：人民文学出版社，1980：41–42.
　　② 沈复. 浮生六记［M］. 北京：人民文学出版社，1980：55.
　　③ 沈复. 浮生六记［M］. 北京：人民文学出版社，1980：42.
　　④ 沈复. 浮生六记［M］. 北京：人民文学出版社，1980：42.

之地。游鸡笼山，鸿干卧在青石榻上，说道："此处仰观峰岭，俯视园亭，既旷且幽，可以开樽矣。"① 于是，二人和船夫一起饮酒，"或歌或啸，大畅胸怀"②。等到酒尽瓶空，又"各采野菊插满两鬓"③。这又是何等的闲情雅致！

三白说自己"余性爽直，落拓不羁"④；鸿干则"慷慨刚毅，直谅不阿"⑤。二人既为知己，又呼兄弟，同行交游，慷慨高歌，其间，更多的是精神层面的志气相投。三白谈到鸿干，几十载时光流逝念念不已，其中除却畅游记快的惬意时光，更多的知交记忆不会少有，那就是为鸿干的风度、格骨、气性所吸引。鸿干为三白总角之交石琢堂的表弟，仅从三白所记的寥寥数语，如"我等之游欲觅偕隐地耳，非专为登高也"⑥，觅地游览"但期合意，不论风水"⑦，其超脱于流俗之外，卓然于俗世之姿，大概可以窥见。益者三友中，"友直，友谅，友多闻，益矣"。鸿干"直谅"，即为三白得友之幸。正直信实、慷慨刚毅的鸿干，与性格直爽、落拓不羁的三白，成就了知己之交的一段佳话，也成为文人知己交游的一个佐证。

---

① 沈复. 浮生六记 [M]. 北京：人民文学出版社，1980：43.
② 沈复. 浮生六记 [M]. 北京：人民文学出版社，1980：43.
③ 沈复. 浮生六记 [M]. 北京：人民文学出版社，1980：43.
④ 沈复. 浮生六记 [M]. 北京：人民文学出版社，1980：5.
⑤ 沈复. 浮生六记 [M]. 北京：人民文学出版社，1980：41.
⑥ 沈复. 浮生六记 [M]. 北京：人民文学出版社，1980：42.
⑦ 沈复. 浮生六记 [M]. 北京：人民文学出版社，1980：43.

雅俗日常

对于第二知己烛衡，三白在书中所记不多。《浮生六记》记烛衡："澄静缄默，彬彬儒雅，与余莫逆；此生平第二知心交也，惜萍水相逢，聚首无多日耳。"① 虽只言片语，君子之风尽显，可见三白与烛衡莫逆之交的难能可贵，知心之交的惺惺相惜。

第三节　文人之友

居住在友人鲁半舫家萧爽楼一年多的日子，是三白惬意潇洒的一段时光。无拘无束、放纵自由，以文会友，成为一时之乐。闲来无事之时，朋友之间，品书论画，考对为会，饮酒赋诗，郊游论世。《浮生六记》卷二《闲情记趣》记：

> 萧爽楼有四忌：谈官宦升迁，公廨时事，八股时文，看牌掷色；有犯必罚酒五斤。有四取：慷慨豪爽，风流蕴藉，落拓不羁，澄静缄默。②

仅在萧爽楼，三白所记友人，见于名姓者有十多人：

① 沈复. 浮生六记 [M]. 北京：人民文学出版社，1980：45.
② 沈复. 浮生六记 [M]. 北京：人民文学出版社，1980：22.

杨补凡，名昌绪，善人物写真。

袁少迁，名沛，工山水。

王星澜，名岩，工花卉翎毛。

更有夏淡安、揖山两昆季，缪山音、知白两昆季，蒋韵香、陆橘香、周啸霞、郭小愚、华杏帆、张闲酣诸君子。

诸友人君子，"如梁上之燕自去自来"①。而此时的陈芸，常在三白与友人赋诗学画、酣畅饮酒时，"拔钗沽酒，不动声色，良辰美景，不放轻过"②。

其后，三白所叙之友，《浮生六记》中可见名册的，还有不少：

友人鲁半舫。

故人胡肯堂。

同乡张禹门。三白在张家过年（1803）。

赵缉之，三白同学。

旧交韩春泉。

上述诸友，与三白人生多有交集。三白夫妇首次被父亲斥逐，鲁半舫招呼他们夫妇二人借居自家萧爽楼。因为做保一事被父亲第二次斥逐，生活陷入困顿，想去扬州而无资费，求救于韩春泉。因"衣敝履穿，不堪入署"③，写信约

①　沈复. 浮生六记 [M]. 北京：人民文学出版社，1980：21.

②　沈复. 浮生六记 [M]. 北京：人民文学出版社，1980：21.

③　沈复. 浮生六记 [M]. 北京：人民文学出版社，1980：57.

雅俗日常

韩春泉在郡庙园亭中见面，韩春泉"知余愁苦，慨助十金"①。而陈芸去世，三白一贫如洗，殡葬之资用度缺乏。三白写道："承吾友胡肯堂以十金为助，余尽室中所有，变卖一空，亲为成殓。"② 胡肯堂多次帮助，帮三白暂时摆脱落拓困窘之境。而夏淡安、夏揖山两兄弟，三白多得其照顾。三白夫妇第二次离家，儿子跟随夏揖山做学徒。沈父去世，三白得两兄弟劝慰，暂居西禅寺。同年七月，夏父带三白一起去崇明做生意，三白帮助记账，得到二十两酬金。九月，夏揖山在东海永泰有一片田，便带着三白一同前去收息。残冬归来，三白记："移寓其家雪鸿草堂度岁，真异姓骨肉也。"③

三白，一介文人，常生活于困顿饥寒之中，幸得友人资助体恤，于艰难岁月中有时免于生计无着之苦。而三白，即使省俭，也结余寥寥。即便如此，在力所能及之处，仍凭借一己微薄之力，帮助友人共渡难关。在张禹门家过年，"张亦失馆，度岁艰难，商于余；即以余赀二十金倾囊借之"④。而这二十两银子，是三白留着为亡妻陈芸迁柩的费用。仅此一事，三白扶友济困的全力与真诚一览无遗。

无论是萍水相逢之友，还是总角、知己之交，三白觅人

① 沈复. 浮生六记 [M]. 北京：人民文学出版社，1980：57.
② 沈复. 浮生六记 [M]. 北京：人民文学出版社，1980：34.
③ 沈复. 浮生六记 [M]. 北京：人民文学出版社，1980：38.
④ 沈复. 浮生六记 [M]. 北京：人民文学出版社，1980：36.

生益友，成交友之乐。纵然三白身为寒士，三白之友，无论达官贵人，还是零落故交，都能赤诚中怀，坦诚相交，信诚以对。三白好友、乐友的交友之道，或可窥见清中期江南文人处友朋的人情世态。

三白的襟怀志趣，于萧爽楼的"四忌""四取"可以看出。以此为标准，三白所交之友，多风流蕴藉，狂狷耿介，超越流俗，具有自然个性和名士姿态。

而三白对待妻子，鸿案相庄，一往情深，不单是寻常夫妇，更是思想交流的知己，精神契合的良友。性情相投，志趣相同，不单是日常夫妻，更是艰难岁月的伉俪，年久情密的知音。夫妻相处，不拘封建礼法：

> 家庭之内，或暗室相逢，窄途邂逅，必握手问曰"何处去?"私心怦怦，如恐旁人见之者。实则同行并坐，初犹避人，久则不以为意。芸或与人坐谈，见余至，必起立偏挪其身，余就而并焉。彼此皆不觉其所以然者，始以为惭，继成不期然而然。独怪老年夫妇相视如仇者，不知何意?①

夫妻日常相处，藐视权威，枘凿礼法，独行其事，常为人侧目，一方面可照见封建家族生活的弊端，另一方面也可

① 沈复. 浮生六记 [M]. 北京: 人民文学出版社, 1980: 5.

窥见夫妻二人对自由、平等的追求。正因如此，陈芸得三白言："知己如君，得婿如此，妾已此生无憾。"① 而三白"余有负闺中良友，又何可胜道哉"② 的悲叹，对白头偕老的期待与遥想，相对于坚硬现实的碎破与流离，又流露出多少入骨透髓的悲怆与留恋！

于世俗生活中辗转流离，为谋生计，三白常有愤心不平之语。入幕之初，已非自愿相投，亦非自觉身体力行，而是下述缘由："而余则从此习幕矣。此非快事，何记于此？曰：此抛书浪游之始，故记之。"③ 所记习幕生涯，只因难以再与书香为伴，也自此开始游幕与浪游的生涯。为人做幕宾，"见热闹场中卑鄙之状不堪入目，因易儒为贾"④，难与官场流俗融合，不堪忍受官场中的龌龊卑鄙，乃至"易儒为贾"，愤世嫉俗，不肯同流合污，于是改弦易辙。游幕三十年来，"惜乎轮蹄征逐处处随人"⑤，心有不甘，寄人篱下，又无可奈何！

三白热爱艺术，长于书画，喜作诗文，篆刻亦有涉猎，可以说，具有艺术家的才能气质和文学家的笔墨功夫。《浮生六记》中所记即是明证。

———————————

① 沈复. 浮生六记 [M]. 北京：人民文学出版社，1980：33.
② 沈复. 浮生六记 [M]. 北京：人民文学出版社，1980：34.
③ 沈复. 浮生六记 [M]. 北京：人民文学出版社，1980：41.
④ 沈复. 浮生六记 [M]. 北京：人民文学出版社，1980：47.
⑤ 沈复. 浮生六记 [M]. 北京：人民文学出版社，1980：39.

三白的心中，充满着对爱情的一往情深，对官场的嗤之以鼻，对诗意生活的不懈追求。难哉，虽然生逢盛世，三白的理想追求与严酷现实的坚壁相撞，理想的火花便破碎于封建社会的浊泥流污之中。但是，即便如此，三白仍在交友处世方面，体现出下层文士的士子风范。从江南文人的交游，尤其是三白与石琢堂的交游看："沈复不问仕途经济，陈裴之辞云南之任不赴。石韫玉与众多才女交好，陈文述则更是女学的杰出倡导者。他们对于仕途、朝政、制艺乃至宗法礼教的态度与主流文人有着显而易见的区别。石韫玉虽出身科举，有焚书之举，但实为道学所缚不住者。他既与归懋仪、陈琳萧、曹贞秀、汪端、周绮等一众才女交游唱和，又看重家学，亲授汉隶笔法于儿媳席慧文。其妾陈氏请离开石家，石韫玉亦慷慨遣去，这些都足见其不拘俗套，不同于时的名士风范。"① 沈三白与石韫玉身上体现出的风范，与清中期江南社会良好的文化氛围与优雅的文坛风尚密切相关，也与二人的志趣、理想、追求紧密相连。

三白的故乡苏州，位于苏南。何炳棣先生对清代进士的地理分布进行了研究，有清一代，江苏省以 2920 名的进士额数位列全国第一。何炳棣先生分析道："从长远来看，江苏具有多样无与伦比的优势。虽然在明代大部分时期，占全

① 陈天佑. 从江南文人的交游看清代忆语的创作 [J]. 衡阳师范学院学报，2016, 37 (4): 75.

省三分之二的苏北地区在科举竞争方面相当不佳；但长江以南各府，经济和文化都有显著的发展。由于地理位置得天独厚，苏南无疑是全国最重要的商业地区。日益多样化的经济进一步刺激了手工业和产业，特别是松江府和苏州府的棉纺织业。正如晚明官员和旅行家谢肇淛所说的，尽管苏南赋税之重甲于天下，同样繁重的负担，往往会压垮其他任何地区，但多样化的经济所创造的报酬颇丰的就业机会，使苏南成为国内最富庶的地区。15世纪后半期以来，该地区富甲海内，这在当时出现一些杰出的藏书家、出版家和鉴赏家中可以得到部分反映。如果说苏南不是知识活力的中心，至少也是为数最多的文学家和艺术家会集之处。"① 明代，江苏省域，南京作为陪都，其所具有的独特地位优势，吸纳了其他地方移民、财富、人才的大量流入，为江苏的发展挣得了巨大福利。到了清代，虽然江苏失去了南京陪都的优势，但是，江苏的经济与文化仍然得到了举世瞩目的发展。因此，清代江苏进士的名列第一，是与其富甲天下的发达经济与文明昌盛的文化繁荣密不可分的。何炳棣先生还对清代江苏等第进士一甲的府别分布进行了研究。各府别人数如下：苏州，42人；常州，20人；松江，7人；镇江，12人；扬州，11人；江宁，7人；徐州，1人；太仓，9人；通州，4人；

---

① 何炳棣. 明清社会史论 [M]. 徐泓，译注. 新北：联经出版事业股份有限公司，2013：289.

海州，0 人。① 合计 113 人。苏州占到 37.2%。荣登一甲进士绝非轻而易举，得一甲者除先天禀赋与个人才能之外，还与康乾盛世社会相对稳定，巨大经济资源所造成的财富集中、人才流入和文化资源的输入，使得苏州一带成为首屈一指的经济重镇和文化中心有关。文化的熏陶、积淀、浸染对苏州地区的士子举业应试起到了重大的推动作用，由此使得当地士子在科第应试中才华横俱，通过科举成名的人数在江苏遥遥领先，形成了科甲鼎盛、魁星灿烂的"苏人才甲天下"的鼎盛局面。

士人科举的成功，使得东南之望人才济济，文物衣冠绰绰有余，由此形成了名士文化。例如：品读好书，觅得良友，立言著书；对弈会饮，文学辞章，耽于诗酒；娴雅情致，清逸避俗，品砚题画；等等。这种名士文化，深深影响着文人士子之间的交往。因此，在凡尘俗务、穷困流离之外，三白于《浮生六记》中展现出来的友朋交往，又散发着浓郁的文化气息，注重于精神心灵的交流。由此，成就了士子之间的信义之交、和谐之交、乐友之交、真挚之交、患难之交。

① 何炳棣. 明清社会史论 [M]. 徐泓，译注. 新北：联经出版事业股份有限公司，2013：308.

第四章

治

生

治生，就是用来谋生的手段或方法。司马迁在《史记·货殖列传》记叙了治生之祖白圭通过乐观时变、弃取有方治产的故事：

> 白圭，周人也。当魏文侯时，李克务尽地力，而白圭乐观时变，故人弃我取，人取我与。夫岁孰取谷，予之丝、漆；茧出取帛絮，予之食。能薄饮食，忍嗜欲，节衣服，与用事僮仆同苦乐，趋时若猛兽挚鸟之发。故曰："吾治生产，犹伊尹、吕尚之谋，孙吴用兵，商鞅行法是也。是故其智不足与权变，勇不足以决断，仁不能以取予，强不能有所守，虽欲学吾术，终不告之矣。"盖天下言治生祖白圭。白圭其有所试矣，能试有所长，非苟而已也。①

依白圭的经验，要治产，并非轻而易举之事。富有智慧，权变有机，勇毅果决，富有仁德，强而能守，等等，都是治产、治生必不可少的素质与能力。马虎行事，考虑不周，苟且行之，是难以成功治产的。而治产、治生，士农工商，四种职业，无论是达官贵人还是平民百姓，无论在古代还是现代，都是不可或缺的。

第四章 治生

---

① 史记：第 10 册［M］. 北京：中华书局，2014：3955.

《诗经·郑风》有诗云："女曰:'鸡鸣'。士曰:'昧旦'。"① 此处的"士",指耕种及劳动的男子。《管子·小匡》曰:"士农工商四民者,国之石民也。"② 这里是说,士民、农民、工民、商民,是国家的根本,就像柱石一样,所以称为"石民"。管子将普通民众分为四民,主要是基于民众所从事的四种不同的职业,并不带有阶级区分和阶层的分别,或者说,是把士——那个时代的读书人,与农、工、商,并列为四种主要的庶民群体。古时所说的"士民",包括学道的、习艺的,或者习武勇射的。《辞源》对"士农工商"的释义为:"凡习学文武者为士,肆力耕桑者为农,工作贸易者为工,屠沽与贩者为商。"③ 何炳棣认为:"所谓四民之分,虽反映部分晚期封建的理想,但对后封建时代的中国社会(Post-feudal Chinese Society)阶层来说,几乎完全无用,例如后封建中国,'农'字虽表示农民或农场主,实际上,它包括所有跟农业有关的人,如大、中、小地主,自耕农及有一小块土地但不够维持家庭必须再租地的半自耕农与佃农、雇工。同样地,工与商也分成各种不同的身份群,从小手工工匠到资本工业家,从小商人与零售商到商业大亨。

① 诗经 [M] // 孟子, 等. 四书五经. 北京: 中华书局, 2009: 149.

② 管子 [M]. 姚晓娟, 汪银峰, 注译. 郑州: 中州古籍出版社, 2010: 122.

③ 辞源 [M]. 北京: 商务印书馆, 1988: 640.

因此，平民必须依其职业、财富、收入、教育、生活方式与接近社会威望与权力之程度，来决定他们的社会阶层。由于缺乏基于多样而有系统的历史资料，想将平民的社会阶层做更细的划分有其困难；但很明显的，传统的中国常是个多元阶级的社会。"① 士农工商，都需要治生，只不过赖以谋生的方式不同。管子所列为"石民"之一的"士"，可以视作庶民阶级。这一类的"士"，或者称为"士民"，大致指的是学者、庶民。此一类别，与官僚阶级，或者说是在官府中服务或任职的"士"，是两类不同的士人，二者在从事职业、财富收入、生活方式、社会威望与权力方面差别很大。这里，将在官府任职的官员，称为士绅；将未在官府任职的，即未出仕的学者，称为士缙。士缙中，包含获得有初阶科名的人户，即缙户，譬如秀才。士缙一类的士民，没有仕宦功名，但身为平民阶层，他们可以通过应举等其他渠道，追求更高等级的功名和地位。也正因为如此，士缙距离官宦权力更近，如果具有良好德行，就会居于中国传统乡间社会中的领导地位，获得较高的声望和威信。

对士民的不同类别做简要说明，有助于更好分析《浮生六记》中三白所处的阶层，从而对其治生路径做较为切近的分析。

---

① 何炳棣. 明清社会史论 [M]. 徐泓，译注. 新北：联经出版事业股份有限公司，2013：22.

第一节　游幕生涯

据《浮生六记》，依前所述分析，三白可以说是"四民"中的士民、庶民。"士民者处士，若公士以上，则官也。"① 不能算作名列官阶的"士"之一列，可以称为"士人""准士"或者"处士"。阳湖管贻葊（应为管贻菲）②作《分题沈三白处士〈浮生六记〉》，就称呼三白为"处士"。三白的士子身份，与"四民"中的农、工、商，区别开来。由此，三白的治生方式也与其他三者有着显著的不同，而带有鲜明的士子色彩，或者说文人色彩。

作为一名文人士子，尤其是清代的下层文士，除了科举应试这一正路出身之外，耕读传家、授徒带徒、济世行医、

---

① 辞源 [M]. 北京：商务印书馆，1988：639.

② 俞平伯在《〈浮生六记〉二题》一文中写道："近从上海友人黄裳君假得管氏《裁物象斋诗钞》原刻本，见其署名作'贻菲'，诗注署名亦作'菲'，有一字之差。《六记》各本虽皆作'贻葊'，自当以《诗钞》为正。……《诗钞》是管氏家藏本，同治五年（1866）其孙所刊，不会弄错祖父的名字。其作'贻葊'者，当属传写之讹。"（俞平伯. 俞平伯全集：第三卷 [M]. 石家庄：花山文艺出版社，1997：485-486. 此文原载《文汇月刊》1981年第2期。）

行幕游幕、绘画书艺、做贾经商等，是常见的治生之术。三白曾习儒业，身为文人，治生亦不外乎上述所列。而三白所得以作为谋生根基的，可以说是游幕。

文人治生，以常人所见，可以说耕读传家为首选，是士之恒业；教馆坐馆次之，游幕为业并不在首倡之列。游幕，有为士人不齿的一面。作为谋生手段，多为迫不得已。"'所以人一旦出游，所见所闻无非卑污、苟贱之论，倾险机变之事'，难免'陷溺其心'。"① 另外，游幕在外，幕宾与幕主之间的客主之别，虽然也有无量信任塑造的亲密关系，但是，为衣食谋的游幕，也有被视为"乞食"的行为，使得游幕者既身处卑污官场之间，又叹于"乞食"地位之卑微，常有寄人篱下之感。正如三白所说："惜乎轮蹄征逐，处处随人。"

三白作为一名处士，原生家庭能够给予的财富支撑较为薄弱。为着一家生计，游幕成为其一生最为主要的谋生手段。三白开始习幕，是在乾隆辛丑年秋八月，也就是乾隆四十六年（1781）。这一年，三白父亲因患疟疾返回家里，担忧自己一病不起，为着三白未来生计，将三白托付于自己盟弟蒋思斋。此时三白十九岁，开始学习做幕宾。

---

① 赵园. 制度·言论·心态：《明清之际士大夫研究》续编[M]. 北京：北京大学出版社，2015：185.

而余则从此习幕矣。此非快事，何记于此？

　　曰：此抛书浪游之始，故记之。①

　　这只是三白拜师学幕，还没有单独入幕，不过短时学习，就说习幕"非快事"，可见三白一开始对游幕的态度。

　　然而，身为贫士，没有为官方服务的资格，又需要养家糊口，安排生计，入幕做幕宾，虽然"非快事"，也是无奈之举。就如生员为谋生，被别家聘去坐馆一样，不管是训蒙师还是举业师，都是到别人的家中去做西宾。尽管有些生员因为笔耕砚田功厚，教育弟子有方，被聘请的士大夫之家看重，或设帐授徒，或延请家中教授子弟，但仍为数不多。多数秀才、贫士终其一生，板凳坐热，嘴皮磨碎，挣来的馆谷于吃穿用度之外，所剩寥寥。入幕做宾，与处馆相同，同样是私人聘请。由于不是为官方服务，官家的支出中并没有宾客酬劳支出的列项，幕宾的报酬是从幕主那里领取的脩脯。

　　幕主与幕宾，或者说东翁与西宾，并无固定的契约关系。幕府长官延聘幕宾，幕宾帮助幕主处理行政公事或私人事务。"主宾之间并无牢固的基础，只是以互相需要而维系，即幕主需要幕宾佐治，幕宾需要得脩金而养家。"② 在幕宾

　　① 沈复. 浮生六记 [M]. 北京：人民文学出版社，1980：41.

　　② 陈宝良. 明代秀才的生活世界 [M]. 北京：北京师范大学出版社，2020：292.

人员选聘上，幕主是自己做主，自己用人，常常对资格不做限定，亲友不分疏近，相识不问熟知。作为幕宾，为幕主谋事佐治，要对事尽心，竭尽所知所能。在此基础上，合得来则留，合不来就去，成为主宾之间处理关系的常态。因此，主公与宾客既互相依存，各取所需，又中分"东""西"，相对独立。也就是主客有异，东山的主人与西墙的客人关系并不是那么稳定。

仅从三白习幕开始，包括随侍父亲作为助手，以及自己单独入幕，曾经迁徙的地方就有奉贤、维扬、吴江、海宁、绩溪、江北、邗江、真州、青浦、莱阳、泰州、江都、如皋等地。以三白的记叙："余游幕三十年来，天下所未到者，蜀中、黔中与滇南耳……"[1] 这固然是三白谈及浪游天下时的足迹，但是，"士的流动（士之游），扩大了他们自主选择的空间，造成了一定程度上的非依附性。即使此'游'（明清间士的游幕）不同于彼'游'（战国之士的游说），游幕一途也仍然扩大了士的生存空间，即如贫士缘游幕而得游历"[2]。三白正是如此，"贫士缘游幕而得游历"，这游历的足迹与游幕的地点息息相关。可以这么说，没有游幕，游历的脚步会被阻隔是无疑的，《浮生六记》卷四《浪游记快》

---

① 沈复. 浮生六记 [M]. 北京：人民文学出版社，1980：39.
② 赵园. 制度·言论·心态：《明清之际士大夫研究》续编 [M]. 北京：北京大学出版社：2015：186.

第四章 治生

的空间距离定然会被压缩。同时，做幕宾的不稳定性从三白游历范围的广大也可见一斑。

这样看来，"游幕"二字，"幕"为延聘初步安定下来的佐治，"游"则体现了求聘入幕的奔走。幕宾职业的特点，也从一个侧面显示出士子游幕治生的艰辛和不易。

三白自叙"余游幕三十年来"，可以说，游幕是三白最重要的职业，做幕宾是三白最重要的治生方式。三白身为幕宾的身份，是其一生最重要的物质生活基础的底色。然而，三白谈及自己的入幕生涯，笔触却相当简略，所点到指明之处也只是作为叙述其他事情的背景或者缘起，对入幕一职的体会说得更是轻轻一笔。《浮生六记》所见除本章前述"从此习幕"及"游幕三十年来"两处，与随侍父亲到馆之处，另有部分提及的还有：

　　余年二十有五，应徽州绩溪克明府之招。①
　　未两载，余与同事不合，拂衣归里。余自绩溪之游，见热闹场中卑鄙之状不堪入目，因易儒为贾。②
　　馆江北四年。③

① 沈复. 浮生六记 [M]. 北京：人民文学出版社，1980：46.
② 沈复. 浮生六记 [M]. 北京：人民文学出版社，1980：47.
③ 沈复. 浮生六记 [M]. 北京：人民文学出版社，1980：47.

庚戌之春，予又随侍吾父于邗江幕中。①

壬子春，余馆真州。②

明年，秀峰再往，吾父不准偕游，遂就青浦杨明府之聘。③

余连年无馆。④

不满月，而贡局司事忽裁十有五人，余系友中之友遂亦散闲。⑤

二月初，日暖风和，以靖江之项薄备行装，访故人胡肯堂于邗江盐署。有贡局众司事公延入局，代司笔墨，身心稍定。⑥

未几，江都幕客章驭庵先生欲回浙江葬亲，倩余代庖三月，得备御寒之具。封篆出署，张禹门招寓其家。⑦

及归，相见甚欢。旋于重九日，挈眷重赴四川重庆之任，邀余同往。⑧（其后随石琢堂辗转略）

明年二月，余就馆莱阳。至丁卯秋，琢堂降官

① 沈复. 浮生六记［M］. 北京：人民文学出版社，1980：25.
② 沈复. 浮生六记［M］. 北京：人民文学出版社，1980：26.
③ 沈复. 浮生六记［M］. 北京：人民文学出版社，1980：53.
④ 沈复. 浮生六记［M］. 北京：人民文学出版社，1980：27.
⑤ 沈复. 浮生六记［M］. 北京：人民文学出版社，1980：32.
⑥ 沈复. 浮生六记［M］. 北京：人民文学出版社，1980：31.
⑦ 沈复. 浮生六记［M］. 北京：人民文学出版社，1980：36.
⑧ 沈复. 浮生六记［M］. 北京：人民文学出版社，1980：38.

翰林，余亦入都。①

　　只言片语的入幕记载，本就不是《浮生六记》想表达的重要主题。不过，透过三白的游幕生涯，可见当时幕宾的司职状况及心理心态。

　　从司职来讲，三白是文士，述自己的职责，一是"代司笔墨"，二是调涉诉讼。陈宝良论述幕宾的工作时，把"典文章、主文牍"作为幕宾的常见职责，放在首位。"从这种意义上说，幕宾又称'记室''书记'。替幕主代写上奏、贺启，登录信札，并代拟回函，举凡此类，均是幕宾分内之事。"② 由此看来，三白的"代司笔墨"，从事是的幕宾"典文章、主文牍"的工作。至于幕宾的佐治民事职责，三白未有明叙，只在自己赴姊丈范惠来处筹钱时，得曹姓人家老翁相助，才得以江口唤渡，饱食登舟，捎带叙及自己在泰州做幕宾时曾帮助涉讼事件。

　　　盖余幕泰州时有曹姓，本微贱，一女有姿色，
　　已许婿家，有势力者放债谋其女，致涉讼。余从中
　　调护，仍归所许。曹即投入公门为隶，叩首作谢，

<hr />

　　① 沈复. 浮生六记 [M]. 北京：人民文学出版社，1980：62.
　　② 陈宝良. 明代秀才的生活世界 [M]. 北京：北京师范大学出版社，2020：293.

故识之。①

据此，三白在佐治民事方面，也有可能曾涉及帮助幕主处理刑名事务。

除了自己为幕主私人延聘，履行身为幕宾的本职工作，三白在无馆可坐时，偶有"代庖"之举，这是短期的幕宾行为。

如前所述，幕宾的酬金来自幕主个人。三白记述"代司笔墨，身心稍定""代庖三月，得备御寒之具"之语，从一个侧面反映了不食官家俸禄的幕宾，从幕主那里获得脩脯后对生活的重要支撑。"州县幕宾的职责，主要是佐官为治，具体又有刑名、钱谷、书记、挂号、征比等之分，其中以刑名、钱谷两类最为重要，脩金特厚，俗称司刑名、钱谷者为'大席'或'正席'，余者脩金较薄，俗称司书记、挂号、征比等为'小席'或'杂席'。通常幕脩较之授徒所得的束脩丰厚得多，多至数倍乃至十数倍……"② 由此可见三白所说的"身心稍定"，对于确保生活无虞，大概不成问题。只是，做幕宾治生并非常年固定，稳定性与连续性较差。一旦没有延聘，无馆可坐，如果既无大家庭支撑，又无其他治生之途，生活困顿有时在所难免。三白自己，到邗江盐署拜访

① 沈复. 浮生六记 [M]. 北京：人民文学出版社，1980：30.
② 徐永斌. 明清江南文士治生研究 [M]. 北京：中华书局，2019：100–101.

故人胡肯堂时，"有贡局众司事公延入局"，自己被贡局管事者推荐到局里做事，"身心稍定"。哪知，时日不长，就又遭遇"贡局司事忽裁十有五人"。而三白身份上是胡肯堂的故友，"系友中之友"，被裁更是不在话下。三白自己，跟随的幕主几经变迁，有时甚至"连年无馆"。可见，通过稳定的做幕宾治生，并非易得。

而就内心来讲，三白对入幕做宾并没有太多的积极性。十九岁的习幕之初，"并非快事"一语算是对幕宾生活的体验初步下的论断。之所以一笔带过，只是因为从这时起的"习幕"是自己"浪游记快之始"。而后，三十多的游幕生涯，并未见三白记叙有多少和悦之事。反之，对于幕宾生活给自己带来的不快，倒是在笔下时有言及。

三白对于做幕宾时的感受，并非痛快欢欣，而是常有不平之语。有因为与"同事不合，拂衣归里"，也有因为"见热闹场中卑鄙之状不堪入目，因易儒为贾"。三白在萧爽楼会友时，要"四取"——"慷慨豪爽、风流蕴藉、落拓不羁、澄静缄默"，要"四忌"——"谈官宦升迁、公廨时事、八股时文、看牌掷色"。可见三白的正直与耿介。而对自己做幕宾时的州县官场卑鄙热闹产生的厌恶与抽离，是对在萧爽楼时表示的处友之道"四取""四忌"内在精神的一脉相承，也是对本自葆有的志向秉持与自我追求的一以贯之。

对于沈三白的游幕之路，学者李乔通过一番考究，从多

雅俗日常

个方面概括了三白的"师爷"职业：沈三白是苏州籍师爷，也可说是泛称意义上的"绍兴师爷"；沈三白是个学有师传、有家学渊源、子承父业的师爷；沈三白弃书习幕是出于生计原因；沈三白是个幕游多年、足迹遍布江浙皖鲁等省的师爷；沈三白是个基层衙门的师爷；沈三白可能懂得刑名之学，也可能就是个刑名师爷或刑钱师爷；沈三白是个穷师爷；沈三白是个正直的师爷；沈三白对从事幕业感到不快和厌烦；沈三白是个多才多艺的师爷，其才艺与师爷生涯有关；沈三白的生活和社交圈子中多师爷。① 可以说，作者对三白的一生游幕做了精要的概括。

三白的游幕之路，是清代下层文士通过做幕宾治生一途的刻写和缩影。无论是从做幕宾对于基础物质生活的支撑，还是其中透露出的士子从幕心态，无论是本色行当还是歧业异途，作为仕进无门的准士，从游幕中聊寄人生，于治生、于追求，在物质生活与精神生活的冲突与谐和中，借助《浮生六记》，我们得以窥见游幕对于文士疗贫、文士地位及精神心态的影响。三白叙写的虽为个案，但仍兼有普遍的社会生活层面的内在价值和观照意义。

---

① 李乔. 沈三白师爷生涯考略：《浮生六记》发隐 [J]. 清史研究，1995（3）：79-86.

第二节　卖画及经商

　　文人治生，或者说下层文人治生，或以农耕持家，或以设馆授徒，或以书院讲学，或以卖文售画，或以由儒而医，或以入幕做宾，或以撰稿刻书，或以为贾经商，或基于杂业，途径看似较为多样。但实际上，对于文士，尤其是多数下层寒士，因为家贫，于治生中常常捉襟见肘，不得其法。有时一种治生手段不足以去除饥寒困顿，就需要在不同阶段或者同一阶段，采取多种治生手段，才可以补贴家常日用。但由于身为儒生，于治生一项，还是与一般平民贫民的谋生手段有所差异。"就志趣选择言，所有知书儒生，首先重在入仕任官，以建功立业为要。设如不能入仕，退而求其生业有着，不至沦为贫婆，则所优为者以绘画书艺为先。其次精研岐黄，以为活人济世之医生。所以以此二者为趣好，在于保优崇节操，存清流之令誉。儒生所不屑为者，庶民则趋向有加，持为衣食之源，则商贾工匠是务。甚至术数驵侩亦无所别择。"① 事实上，三白的生活正是如此。

①　王尔敏. 明清时代庶民文化生活 [M]. 长沙：岳麓书社，2002：2.

三白除去做幕宾治生，在失馆之后，三白还曾开设画铺，希望能够补贴家用。然而，陈芸病重，一双儿女需要抚养，家庭境况更是每况愈下。三白自叙：

> 余连年无馆，设一书画铺于家门之内。三日所进，不敷一日所出，焦劳困苦，竭蹶时形。隆冬无裘，挺身而过。①

三白凭借卖画糊口，使得一家人的生活贫寒窘困到如此地步，还是使人有些瞠目，也从一个侧面反映了布衣求索谋生的艰难境遇。

为了一家衣着之际，三白还曾"易儒为贾"，以经商为生活纾困解难。

三白二十五岁时，接受徽州绩溪克明府的延请，去做幕宾。不到两年时间，因与同事合不来，就拂袖而去，回到了家乡。在此期间，三白言自己所见：

> 余自绩溪之游，见热闹场中卑鄙之状不堪入目，因易儒为贾。余有姑丈袁万九，在盘溪之仙人塘作酿酒生涯。余与施心畊附资合伙。袁酒本海贩。不一载，值台湾林爽文之乱，海道阻隔，货积

① 沈复. 浮生六记 [M]. 北京：人民文学出版社，1980：27.

本折。不得已，仍为"冯妇"。①

　　游幕之中，目睹官场尔虞我诈、不堪入目的卑鄙行径，与同事之间发生的不合不睦，使三白对官场产生了厌恶。拂衣归故里后，总还是要考虑一家的生计。姑父袁九万是做酿酒生意的，三白于是便跟随施心耕附资合伙。姑父的生意走的是海路贩卖，还不到一年，台湾林爽文叛乱，致使海路运输出现中断，造成货物积压，所投的本钱也亏损了。

　　三白所记为贾经商，《浮生六记》可见的不多。治生之祖白圭的经商经验为："其智不足与权变，勇不足以决断，仁不能以取予，强不能有所守。"这样的人学习经商，白圭是不传授经商之法的。三白的从商之路，确实走得匆忙又踉跄。无他治生良策，三白只好迫不得已重操旧业，再次开始了自己的游幕之路。

　　然而，时断时续的幕宾生活并不是一劳永逸、旱涝保收，常常在奔走随迁中，谋不得一时之职。"由于习幕一途与读书相近，故从事者多，但常常不固定，失馆亦属常有之事，而且一经入幕，便不能同时以他途治生，从事刑名、钱谷两类的幕职还好，因为其幕脩比较丰厚，对于那些精于治幕而且颇有名声的文士，官员乐于招揽他们，得馆比较容易；而其他各席，非得势要为之吹嘘，由刑名、钱谷两类幕

---

　　① 沈复. 浮生六记 ［M］. 北京：人民文学出版社，1980：47.

宾引荐，方能入幕，否则得馆很难。以幕脩而计，刑名、钱谷一年所入，足抵书记、挂号、征比等者数年；刑名、钱谷即使失馆缺用，得馆之后，也可以弥补，但书记、挂号、征比等得馆已属拮据，失馆更是困苦，处幕馆者，除了平常的费用后，即使岁脩百金，到家也不过六七十金而已，八口之家，仅足敷衍。"① 再者，三白为一介寒士，自叙常为"代司笔墨"，可见是其所长，在幕府中的职责多半可能是书记之类的事务。而担当这一职位的幕宾，所得脩脯常常并不多。另外，坐馆入幕，不太稳定，失馆后的收入无着、逼仄俭啬的生活可想而知。

入幕、卖画、经商，根据《浮生六记》记述，三白的治生方式大概有这三种。多种谋生手段的尝试，并未帮助三白一家过上小康生活。婚后，除短时期阶段性的衣食无虞，大部分时间，尤其是陈芸病后，一家人的生活时常无从着落，举债度日成了常态。

三白的治生之弱，既有所处时代的社会因素，也有个人原因的影响。

从幕宾一职来看，求稳之难有社会层面的原因。

明代的幕客来源较为多元。"考察明代入幕之宾的身份，其中以生员入幕者最多，举人入幕者亦不少。在山人中，有

---

① 徐永斌. 明清江南文士治生研究 [M]. 北京：中华书局，2019：101.

很多具有生员身份，或者是一些弃巾生员。可见，山人入幕，亦多可视为生员入幕的另一种形式。至于进士、术士、衙书入幕，或为门客的一种，是幕客的一种特殊形式，或为仅见的特例，不足以反映广泛性。"① 到了清代，尤其是18世纪，中国人口大幅增长。"1700 年时国家的人口约为1.5亿，到1750 年时人口超过 2 亿，1800 年时则已超过 3 亿。直到19 世纪中期，人口增速才有所降低，此时全国的人口已经高达4.1 亿左右。"② 与人口不可思议的增长相比，总体科举的名额并未出现大幅度增长。"有清一代，大约有19% 通过科举考试的学者来自平民家庭，而明朝时则是46.7%。18 世纪被人视为是社会地位流动最低的时期。"③ 人口的快速增长，科举应试的惨烈竞争，使得多少读书人白头仍为生员，甚至生员也不得。应举不得，谋生为要，大批生员与下层士人加入入幕做宾的行列，由此造成幕客竞争的激烈。这是三白以游幕作为最主要谋生手段在社会层面的障碍。

个人层面，三白的"爽直不羁""独出己见""不屑随

---

① 陈宝良. 明代秀才的生活世界 [M]. 北京：北京师范大学出版社，2020：292.

② 欧立德. 乾隆帝 [M]. 青石，译. 北京：社会科学文献出版社，2014：214.

③ 吕元聪，葛荣晋. 清代社会与实学 [M]. 香港：香港大学出版社，2000：27.

人是非"的个性，使得其不堪忍受官场龌龊，难与同事和睦相处，成为失馆的内在因素。

从经商一业看，文士经商在江南地区成为较为普遍的现象。"江南发达的商品经济为文士经商创造了有利条件，好货食利世风的影响，也是文士经商之风兴盛的一个重要因素。有的文士通过经商获利不菲，成为当地之巨室。"① 因此，三白经商既有着时代之风的影响，又有着补给衣食之缺的需求。

在投资姑父的酿酒生意失败后，三白坐馆江北四年，后在萧爽楼仙居，过着"烟火神仙"的日子，可见在江北入幕的俸脯为三白这一时期的生活奠定了较好的物质基础。

> 迨居萧爽楼，正作烟火神仙。有表妹倩徐秀峰
> 自粤东归，见余闲居，慨然曰："足下待露而爨，
> 笔耕而炊，终非久计。盍偕我作岭南游？当不仅获
> 蝇头利也。"芸亦劝余曰："乘此老亲尚健，子尚
> 壮年，与其商柴计米而寻欢，不如一劳而永逸。"
> 余乃商诸交游者，集资作本。芸亦自办绣货，及岭
> 南所无之苏酒醉蟹等物，禀知堂上，于小春十日，
> 偕秀峰由东坝出芜湖口。……腊月望，始抵省城，

---

① 徐永斌. 明清江南文士治生研究 [M]. 北京：中华书局，2019：116-117.

寓靖海门内，赁王姓临街楼屋三椽。秀峰货物皆销与当道，余亦随其开单拜客。即有配礼者，络绎取货，不旬日而余物已尽。①

这次经商，非三白自然起意，而是在表妹女婿徐秀峰的建议下，加上陈芸的劝说，三白才开始和交游的朋友一起筹集了本钱，陈芸亦自办了货物。这一次岭南经商，三白总算有所收益。

从卖画一事看，易画弥补衣食之缺，并非提笔举手之劳而能获得。其时，如为书画名家，会有人陈币求购。时有一些经商有余的富裕有势之家，为着附庸风雅，会高价求购名家之作。三白非书画名家，陈币求购、高价卖画难有常日。介介无名，依靠字画度日，是不足以应对度日的，有如三白经历的文人也并不少。"垂老颓唐，卖字为活，奇穷日甚，馕粥几至不给。所识多知名士，往来沪上者，辄以润笔钱资之。尝作笠屐小像，题者如林。梅伯有句云：'死能埋我何妨醉，生不如人未敢狂。'壬叔亦有句云：'一百青钱一首诗。'小坡读之泪下。"② 这是江苏太仓人宋希轼卖字度日的艰难见证。通过鬻书卖画自给自足，除自成规矩、没有俗

① 沈复. 浮生六记 [M]. 北京：人民文学出版社，1980：47–48.
② 徐永斌. 明清江南文士治生研究 [M]. 北京：中华书局，2019：264.

笔、笔骨高格的画坛巨擘之外，寂寂无名者赖此治生，常常难以为继。

文人治生，相比于农家，支出用度除家庭基本开支之外，用于交游交友、古品收藏的支出较为常见。如果家有余财，更有修园林、筑亭院、狎名妓之举。逢择时用人得当而积赚资财后，一些富好行其德的富裕文人，扶贫助困救济孱弱，筑路建桥造福一方，等等。这些具有公益性的行为常常为文士带来良好的声望与权威，使得这样的文士在参与地方治安维护方面发挥了积极而重要的作用。

而三白，入幕、经商、卖画，尤其是入幕，成为其主要的治生手段。三白在《浮生六记》卷三《坎坷记愁》中记：

> 余夫妇居家，偶有需用不免典质，始则移东补西，继则左支右绌。①

对于治生，三白坦白直叙，没有讳言忌深。可以说，治生之弱，使三白的人生更多了几许落魄与悲苦。"隆冬无裘，挺身而过"有之；"宿锡山客旅，赁被而卧"有之；"惨然泪落，暗计房资渡费，不敢再饮"有之；更有夜半借宿神祠，"移小石香炉于旁，以身探之，仅容半体。以风帽反戴掩面，坐半身于中，出膝于外"；甚至在陈芸病殁之际，幸

---

① 沈复. 浮生六记 [M]. 北京：人民文学出版社，1980：25.

得朋友资助十金，又"尽室中所有，变卖一空，亲为成殓"。而在父亲去世之后，衣食无着，加之因启堂谋财一事相激，一时欲"求赤松子于世外"①。后来虽得好友夏淡安、夏揖山之劝慰，放弃飘然出世之念，也是居无其所，暂时寄居寺庙大悲阁，直到石韫玉归乡后，赴重庆出任知府时，邀三白一同前往。至此，三白才得以摆脱穷瘵的生活。

第三节　治生之观

对于治生，首先，三白的主动性投入不足。

初始入幕，三白抛却志趣上与同僚的情怀难投，愤而拂衣而去，一方面有对官场的弃厌和难容的决绝，另一方面也有对治生思虑的不周和欠缺。婚后闲居的日子，三白对生活的长远支出并无长远打算。在外人徐秀峰看来，"待露而爨，笔耕而炊，终非久计"，这样的生活潜藏着风险，没有稳定的经济基础保障。在妻子陈芸看来，"乘此老亲尚健，子尚壮年，与其商柴计米而寻欢，不如一劳而逸"。规劝之词体现了陈芸作为家庭主妇的远见，其中包含着对未来生活的提前安排和美好期许。有如此远见，在三白与徐秀峰一起外出

①　沈复. 浮生六记 [M]. 北京：人民文学出版社，1980：37.

岭南游幕时，"芸亦自办绣货，及岭南所无之苏酒醉蟹等物"，自然在情理之中。而在三白眼里，闲居寻欢，会友交游，吟诗论画，正是惬意享受的大好时光。

其次，规划用度的统筹性不足。

在和徐秀峰一起抵达广东的省城，将所置办货物售罄之后，三白的手头暂时有了些许余款。此后一段时间，三白在广东狎妓游乐，迷恋喜儿，二人相处四月有余。"余四月在彼处，共费百余金，得尝荔枝鲜果，亦生平快事。"① 三白在岭南的狎妓优游之乐，四个月花费一百多两银子，与其后为葬陈芸得朋友资助十金，又亦不得，形成了鲜明对照。以至于在自己连年无馆，卖画收入"三日所进，不敷一日所出"之际，一家人饥寒交迫：

> 隆冬无裘，挺身而过。青君亦衣单股栗，犹强曰"不寒"。因是芸誓不医药。偶能起床，适余有友人周春煦自福郡王幕中归，倩人绣《心经》一部。芸念绣经可以消灾降福，且利其绣价之丰，竟绣焉。②

此时，陈芸已经病重难起，为着家计，强撑病体，劳身

---

① 沈复. 浮生六记 [M]. 北京：人民文学出版社，1980：53.
② 沈复. 浮生六记 [M]. 北京：人民文学出版社，1980：27.

绣经。消灾祈福是一方面，更重要的是"利其绣价之丰"。本就病体孱弱，又加上"弱者骤劳，致增腰痠头晕之疾"①。"绣经之后，芸病转增，唤水索汤，上下厌之。"② 而陈芸经此辛苦，身体大为透支，所剩时日已经不多。

要知道，绣工为精巧细致女红的代表。一针一线，功底眼力，韧性坚持，费神费力。陈芸幼时，即"娴女红"。三白堂姐出阁的那一年，三白跟随母亲到舅舅家，满室的新衣中，独见通体素淡的陈芸穿了一双新鞋。三白"见其绣制精巧，询为己作，始知其慧心不仅在笔墨也"。可知陈芸的刺绣之精之好。

曾经，夫妻二人居住在元末张士诚王府废基时，陈芸发出美好的愿想：

> 他年当与君卜筑于此，买绕屋菜园十亩，课仆妪，植瓜蔬，以供薪水。君画我绣，以为诗酒之需。布衣菜饭可乐终身，不必作远游计也。③

而今，当年愿想遥遥，已永无实现的可能。"君画我绣"的理想，被艰苦的生活吞噬。再进一步说，陈芸的绣经

---

① 沈复. 浮生六记 [M]. 北京：人民文学出版社，1980：27.
② 沈复. 浮生六记 [M]. 北京：人民文学出版社，1980：27.
③ 沈复. 浮生六记 [M]. 北京：人民文学出版社，1980：11.

之所以绣价丰厚，与清中期苏州一带高超的刺绣技艺密切相关。明中期到清中期，苏州是全国最为繁荣富庶的地方。发达的地方经济，不仅大大促进了当地社会的发展，更使得苏州的文化氛围与生活时尚处于引领地位。昆曲、苏州妆容、苏州服饰、苏州酒业、苏州器用，乃至苏州文人的收藏、文化娱乐、追逐时尚、痴恋嗜好等，都成为全国争相效仿的对象和标杆，形成了引领天下近三百年的时尚潮流，在当时及后世产生了广泛而深远的影响。

相对于全国其他地方，时尚的消费引领，为苏州高度发达的商品经济与充足丰沛的商品生产，提供了更加有利的时机。其时，"诚如万历时浙江临海人王士性所说：'苏人以为雅者，则四方随而雅之，俗者，则随而俗之。'时人将这种现象和潮流称为'苏样'或'苏意'"①。无论"苏样"或"苏意"，生产做工多注重考究细节，风格上多崇尚雅致，刺绣亦不例外。"女工织作，雕镂涂漆，必殚精巧……"② 苏绣更是闻名全国，质量、销售都在杭州之上。"其实早在乾隆中期，杭州人就承认：'吾杭饶蚕绩之利，织纴工巧，转而之燕，之齐，之秦晋，之楚、蜀、滇、黔、闽、粤，衣被几遍天下，而尤以吴阊为绣市。'苏州丝绸从

① 范金民. 明清社会经济与江南地域文化 ［M］. 上海：中西书局，2019：355.

② 范金民. 明清社会经济与江南地域文化 ［M］. 上海：中西书局，2019：374.

生产到销售均具绝对优势。"① 苏绣因为精工细作，高雅精致，在苏绣加工、制作、生产、销售方面，占据了压倒性的全国优势，以至于带来绣价的大幅波动。"如顾绣价格大幅下降。苏州有'绣市'之称，'精细雅洁，称苏州绣'，一向负有盛名。上海'露香园顾氏绣，海内驰名，不特翎毛、花卉，巧若生成，而山水、人物，无不逼肖活现，向来价亦最贵，尺幅之素，精者值银几两，全幅高大者，不啻数金。年来价值递减，全幅七八尺者，不过以一金为上下，绝顶细巧者，不过二三金，若四五尺者，不过五六钱一幅而已'。"②

陈芸的精巧绣工，自然离不开其蕙质兰心，而苏州如此精致的绣市，为陈芸从小学习刺绣打造了良好的社会外部环境。也正是因为如此，娴熟于绣艺的陈芸，才强撑病体，能从绣《心经》中获得高价。

三白的治生之途，在跟随石韫玉之前，一度是窘迫的，尽管平时于衣食用度上省俭多端。陈芸病逝后，三白感叹："归吾门后，余日奔走衣食，中馈缺乏。"③ 就是跟随石韫玉之后，也有资斧缺乏之时。譬如在荆州时：

① 范金民. 明清社会经济与江南地域文化 [M]. 上海：中西书局，2019：375.
② 范金民. 明清社会经济与江南地域文化 [M]. 上海：中西书局，2019：376.
③ 沈复. 浮生六记 [M]. 北京：人民文学出版社，1980：34.

雅俗日常

客中无事，或吟或啸，或出游，或聚谈。岁暮虽资斧不继，而上下雍雍，典衣沽酒，且置锣鼓敲之。每夜必酌，每酌必令。窘则四两烧刀，亦必大施觞政。①

以一介文人、一身布衣，谋生社会，受到时代社会的限制是必然的，文士交游、狎妓的支出在当时的文士风尚中也非太过出格之举。只是，当这种带着文人闲趣的生活方式已经严重影响到自己及家人的生活，甚至一定程度上成为自己人生悲剧的端倪时，或许，在对三白的理解与同情之外，历处不同时代的读者会从中读出不同的况味。三白的特立个性及为人处世的缺陷，对这样的人生悲剧负有一定的责任吗？三白自身所具有的文人趣味，加深了陈芸对悲怆人生的体味了吗？三白的自责与反思，直指向自己的灵魂深处了吗？这样的追问对三白或许严苛厉责有余，不合时宜有余。"沈复缺乏对自己的反思，他没有想过自己也应该为如此结局负责。他一直希望逃进一个小世界，从而逃避现实的世界。而沈复这个时候仍然没有意识到沉溺于'闲'与'趣'造成的人生悲剧，温暖的情感世界必然要遭遇冷酷的俗世生活，过度沉溺于'闲'与'趣'会失去对现实生活的意志。趣

---

① 沈复. 浮生六记 [M]. 北京: 人民文学出版社, 1980: 60.

味与经济实力的错位造就了沈复的人生悲剧，从《浮生六记》的追忆中我们看到了一个游幕文人的落魄人生。"①

三白也曾问询："卒之疾病颠连，赍恨以没，谁致之耶？余有负闺中良友，又何可胜道哉！"三白的发问，带着对命运的诘问，有不甘，有悲怆，有伤感，更有难以言表的复杂情绪。或许，如王韬的《浮生六记跋》所言："笔墨间缠绵哀感一往情深，于伉俪尤敦笃。卜宅沧浪亭畔，颇擅水石林树之胜，每当茶熟香温，花开月上，夫妇开尊对饮，觅句联吟，其乐神仙中人不啻也。曾几何时，一切皆幻。此记之所由作也。"② 于过往，邂逅，与子偕臧，相敬相爱，协调和乐，期冀比翼双栖，白头偕老。看今朝，黄土有隔，琴瑟断弦，悼念凄然，影单形只，幻灭佳期如梦，浮生皆空。《浮生六记》所传达出的情感，所未尽的言说，蕴藏在字里行间，一个个阅读者不同的感受、体验、嗟叹，或许就是一次次独有的解疑、共鸣、发现。

① 李瑞豪."师爷"沈复的文人趣味：论《浮生六记》中的"闲"与"趣" [J]．哈尔滨师范大学社会科学学报，2012, 3 (3)：66.

② 王韬．浮生大记跋 [M] //沈复．浮生六记．北京：人民文学出版社，1980：69.

第五章

雅

俗

在中华文化传统中，尊"雅"、崇"雅"，成为一种特有的文化现象。对"雅"的追求，涉及士子精神追求及物质生活的多个方面：道德修养，人格历练，文艺创作，日常生活，处世为人，等等。一名雅士，在内在的道德修养与外在的行为方式上，有一定的礼仪程式与表现形态。仪态雍容美好，形貌清逸伟岸为雅；言语标准规范，正言常言为雅；自有志趣异趣，赏玩文人之事，为雅；喜听古乐古音，指奏古琴之弦，为雅；足游五岳山川，饱览奇幽之境，为雅；言间善谈名理，胸有风雅意趣，为雅；声望赫赫清流，义举海内盛名，为雅；结交天下豪士，交游知交友朋，为雅；气度高致不凡，性度恢宏阔大，为雅；等等。而在文艺创作中，更有温柔敦厚、中正平和之雅，穆如清风、意致深远之雅，高格闲逸、幽深古雅之雅，峭拔清空、超妙阔达之雅，高迈刚健、雅建雄豪之雅，沉郁顿挫、蔼然仁义之雅，文质彬彬、文雅温润之雅，浑厚严朴、典重淳雅之雅，志深笔长、梗概多气之雅，天然淳朴、发乎自然之雅，冲淡雅洁、空灵闲适之雅，清雅特立、不拘世俗之雅……不一而足。至于志于天下大道，成君子之事，做雅儒之业，成大儒之功，于立德、立功、立言三位合一，更是雅的至高境界。

可以说，做雅人雅士，立雅志雅趣，是士子表身立世的人生追求，是文人风骨气度的人格风范。对"雅"的追求，使得士大夫文人的人生理想与审美趣味，与一般庶民的生活相对隔离开来。所谓的"雅言""雅士""雅音""雅乐"

等包蕴内在的崇雅、尊雅、尚雅之风，体现着君子的人格追求与道德境界。而一"雅"字所具有的丰富内涵，使得对雅文化的崇尚已经植入文人志士的基因，绵延于士大夫独立完善的道德人格之中，成为中华文化基本的审美精神。

《诗经》有风、雅、颂，赋、比、兴六艺。对于"雅"的内涵，有多种观点，其中影响较大的是卜商的《诗序》："是以一国之事，系一人之本，谓之风。言天下之事，形四方之风，谓之雅。"① 雅者，正也。言王政之所由废兴也。"政有大小。故有小雅焉，有大雅焉。"由于主言王政兴废，《诗经》中的《雅》多为贵族所作。

古时"雅""夏"二字相通。周继商室后，周朝王畿之地，曾是夏人的旧地。夏曾居中原之地，而夏在上古时就代表着中国、中原。因建立在夏之旧地，周人有时也自称夏人，周地亦称为夏地。而周的王畿之地，是政治、经济、文化的中心，所用的语言就称为正声，也可称为夏声。通俗一点说，正声就是王畿一带宫廷贵族所用所说的标准语。《论语·述而》云："子所雅言：诗、书、执礼，皆雅言也。"② 因此，雅言就是标准话正声，雅音就是正音，雅乐就是正乐。

---

① 诗经.葛培岭，注译.郑州：中州古籍出版社，2007：序言5.

② 论语 [M] // 孟子，等. 四书五经. 北京：中华书局，2009：17.

而《诗经》中的《风》有十五国风，相对于《大雅》《小雅》的雅乐，就是十五个诸侯所封之域的地方乐调，就是"土乐"，或者说"土风"。《风》所表现的，多为民间的男女情思，闾巷风土之俗。全是乐歌的《风》《雅》《颂》，原本是由于乐音的不同而得名。这样，在诗体和音乐上，《风》《雅》《颂》就有了区分。而《风》所特有的地方之音、地方之乐，则反映了一国特有的政治，体现了一个地区独特的风俗。《风》中的民乐歌谣，有的出自劳动人民，有的出自贵族王官，内容多彩丰富。劳动伐作，徭役行役，相思恋歌，婚姻生活，民俗民习，怨刺民谣，个人忧愤，国家兴亡，等等，都有体现。依郑樵之说："风土之音曰风，朝廷之音曰雅。"《大雅》《小雅》，"言天下之事"，是"朝廷之音"；十五国风"以一国之事，系一人之本"，是"风土之音"。"雅"与"风"之间，以正乐、土乐区别，以正声、雅声与方言俗语为别，反映的不仅仅是音声、乐调的不同，王畿与封地的区分，更是天子之治与诸侯之地的分野。"雅""风"以地域为基础，又超越了地域，具有鲜明的政治性，体现出等级与秩序的差别。

音声差异造成的"雅""风"之别，所形成的"风土之音"，与一个地区的地理环境、人文气息有着密不可分的关系。《汉书·地理志》曰："凡民函五常之性，而其刚柔缓急，音声不同，系水土之风气，故谓之风；好恶取舍，动静亡常，随君上之情欲，故谓之俗。"① 另《说文解字》释：
"俗，习也。""《礼记·曲礼》'入国而问俗'郑玄注：'俗
谓常所行与所恶也。'"② 常言道：入乡随俗。俗，就是习
惯。来自民间的风土之音，一国一地之俗，都与一地一方水
土密不可分；风与俗有相通之处。风俗相通，就使得风俗之
风，与雅言、雅音、雅乐之"雅"相对，一方水土养一方
人，地方风俗所体现的俗语、俗音、俗乐，形成了一个地方
鲜明的文化标志和风俗传统。据此，由"雅""风"之别，
到"风""俗"之通，由"风雅"到"风俗"，雅俗之间建
立起了相对明晰的界限。而"雅"的丰富内涵与"俗"的
多样表现，使得雅俗之间虽有一定的区别，却无绝对截然的
划分，由此为雅俗的互相影响留下了沟通的余地、回旋的空
间以及转化的可能。

　　毋庸讳言，以"雅"为特征的雅文化，代表着精英文
化；以"俗"为特征的俗文化，是庶民文化的特征。在王
尔敏看来，"庶民文化生活，虽不免与官绅文化生活有相通
之点，而在各个不同领域，实又充分表现雅俗之别。官绅自
具一定深度与精致细密，庶民则不暇有深入追求。官绅自有

---

　　① 汉书　卷二十八下　地理志第八下［M］//中华书局编辑
部．"二十四史"简体字本：第 5 册．北京：中华书局，2000：
1310．

　　② 说文解字［M］．汤可敬，译注．北京：中华书局，2018：
1631．

更多样领域之文化生活享受，琴棋书画，即必分途，品酒烹茶，亦自难相偕。尤其甚者，古童珍玩，豪华车乘，愈非庶民所能想望。虽然不必强加富贵贫贱之别，然权势之豪贵，奢靡之商贾，即使有自觉，亦不肯等齐庶民。近代严复已清晰明言，平民者虽广众群处，实贱者之俦也。无论古代绅士贵族之官绅，现代人工贵族之俱乐部，其与庶民有别，无待言辩也。"① 雅俗之间分野明豁显然。

然而，从另一方面来看，与雅对应的俗，并未被完全隔离于与雅的互动与交流之中。雅俗之间的相通、转化、兼顾、共赏、并重，或者说不雅不俗，始终处于一种动态的矛盾、变化、吸纳、交流之中。《诗经》的大多数诗篇，最初是由朝廷选派的"采诗之官"从民间采集的民歌民谣，其他的也包括公卿列士的献诗；后经孔子删诗整理，由俗变雅，成为"十三经"之一。而对民间俗乐"直好"不已的齐王言："寡人非能好先王之乐也，直好世俗之乐耳。"② 由此更是显示出了民间音乐对当朝王者的吸引力和征服力，世俗之乐的感染力、亲和力非同一般。王公贵族对民间音乐的喜爱未曾中断。"隋唐时期，又称用于宫廷宴享的'俗乐'为'燕乐'。……沈括《梦溪笔谈》说：'先王之乐为雅乐，

---

① 王尔敏. 明清时代庶民文化生活 [M]. 长沙：岳麓书社，2002：4.

② 孟子 [M] // 孟子，等. 四书五经. 北京：中华书局，2009：67.

前世新声为新乐，合胡部为燕乐。'就指出，隋唐时期宫廷中演奏的'燕乐'是与'雅乐'相对而言的，还指出'燕乐'是以'清乐'为主体的汉族'俗乐'和境内各民族及外来俗乐（'胡部'）的总称。"① 如此互相融合借鉴形成的"燕乐"，可以说是一种俗乐，虽与雅乐有一定区别，却也在宫廷中演奏，体现出贵族阶层对俗乐的欣赏和喜爱。

从诗、乐的俗雅转换、雅俗共赏，到风雅之士与世俗之人的时而双重一体，正统之"雅"与变异之"俗"的异质合流，士人雅士风尚对平民审美取向的影响，政治教化与道德风俗的对峙融合，阳春白雪与下里巴人的共生共处，等等，雅俗之间，在分野疏离之处，又不时融会贯通，形成了中国美学中独有的一对范畴。这从一个层面验证了弗立德曼德的论断。"已故英国人类学家弗立德曼（Maurice Freedman）有一个著名的论断，至今常为人引用。他说：传统中国的'精英文化和农民文化不是不同的两回事；前者是后者的另一版本，而后者也是前者的另一版本。'"② 精英文化与农民文化是彼此的"另一版本"，实际上为两者互相转化提供了可能性与现实性，同时也说明了两种文化的交织渗透与彼此影响。

---

① 李天道. 中国美学雅俗精神 [M]. 北京：中国书籍出版社，2019：189.
② 刘广京序 [M] // 王尔敏. 明清时代庶民文化生活. 长沙：岳麓书社，2002：序1.

也因此，李天道说："广义上看，雅与俗之间包含着等级的划分，'雅'属于统治者、士大夫精英文化层面，是正统的，雅正的；'俗'则属于被统治者、平民百姓大众文化层面的，是世俗、俚俗与浅俗、粗朴的。狭义看，雅与俗，意指审美意趣与审美境界上的高雅别致、典雅庄重、超凡脱俗与通俗浅显、质朴粗犷、自然本色等。雅与俗，无论广义还是狭义都为褒义。贬义的'俗'则为下流、低级、庸俗、粗俗。从其美学思想的发展来看，雅与俗之间又存在着相互矛盾、相互转化、相互吻合、相互为用的辩证统一关系。"①

这种辩证统一的矛盾关系，既显示出雅文化与俗文化的异质性，又体现出二者的同构性。实际上，"民间庸俗文化生活，自与典雅文化有一定界限，二者可以在同一类项，而自然分出雅俗之别。二者自必相通，但有典雅之表现，有庸俗之表现。举例而言，其在中国文士绘画之艺术表现。前代人虽不做广告画，而庸俗画亦洋洋大观，多彩多姿。各地方之年画即其一种，其存在于社会空间，远比高雅之工笔写意绘画更为宽广。即有名画家，无论其狷介成性，不随流俗，而名画家亦不能突破社会上庸俗观点，而使其作品与庸俗画作难争胜负，世人无从辨别艺术高下。画家知之而深受其

---

① 李天道. 中国美学雅俗精神 [M]. 北京：中国书籍出版社，2019：179.

害，或亦不免为流俗所求而略有屈从"①。雅俗之间的相通影响，又在一定程度上弥合了雅俗之间的矛盾冲突，促进了雅俗交流，破除了雅俗藩篱。

雅俗之间的两分之别，到了明清时期，走向融合的领域更广了。明清之际，尤其是明晚期到清中期，一方面，江南富庶繁荣，经济欣欣向荣，士大夫的生活相对较为富足，文化生活大为丰富。从生活起居、器物收藏，到士人心态、文化追求，追求雅风雅趣成为一种较为普遍的社会现象。另一方面，江南商品经济较为发达，商品化进程不断加快，商品经济对传统的价值观念造成较大的冲击，士大夫在坚守雅文化的同时，也会受到世俗流风的影响。基于经济基础的变化之上，文人的思想观念、人生信念、生活追求、文艺创作等生活和艺术上一向体现出的古雅风尚，开始融入清新活泼、灵智鲜活的民间文化的因子。

与此同时，商品经济也影响到其他阶层，一些依靠手工业、工商业经营得以致富的民间大众之家，更有富商大贾，由于有了较为坚实丰裕的经济支撑，受到士大夫雅风雅趣的影响，开始从雅求雅，雅的流向出现向下移动的趋势。在由雅向俗的过程中，士大夫文化对一般民众的深刻影响自然显现；而在由俗向雅的过程中，则体现出民间百姓崇雅尚雅的

---

① 王尔敏. 明清时代庶民文化生活 [M]. 长沙：岳麓书社，2002：5.

文化倾向。在由雅向俗、由俗向雅的双向转换中，雅俗之间的互动、交流，出现良性的交互和发展。明代公安派文人袁宗道写有《翻前意》一诗："驿路红尘鼓吹，池塘青草蛙声。本来都无音响，雅俗欲向谁论。"其所提出的"雅俗欲向谁论"，不拘雅俗高下，何必去论雅俗之争，显示出对雅俗之间的转向与融通的豁达认知和充分理解。而清人钱泳则在《履园丛话》一书"丛话七臆论·雅俗"一章中写道："富贵近俗，贫贱近雅。富贵而俗者比比皆是也，贫贱而雅者，则难其人焉。须于俗中带雅，方能处世，雅中带俗，可以资生。"①钱泳的雅俗之论强调了于俗中带雅，雅中带俗，能够在处世资生中，打通雅俗之界，兼具俗雅之风。

雅俗的互动转化，从观念变迁、生活实践，至人格志趣、美学精神，再到文学创作、清言交游，导致了日常生活中的雅俗相混，文学艺术上的雅俗并立，人格修养上的雅俗兼具。

第一节　吟诗作画

身处盛世的三白，虽不为士大夫，也不曾自视为一般平

---

① 钱泳. 履园丛话 [M]. 北京：中华书局，1979：195.

民。自称"贫士"的三白，文人士子的身份特征是显而易见的，这种身份特征在一定程度上决定了三白对"雅"的追求；同时，底层寒士的尘世生活，受到"俗"世、"俗"风的浸透熏染又确凿无疑。一部《浮生六记》，可以说就是一幅士人风雅生活的素描，一段士人雅致情趣的记录，也是一幅雅俗并存的民间日常生活画卷，一段江南社会民风民俗的追忆铺展。

《浮生六记》中，三白记叙吟诗作画之乐，既有友朋故交，也在夫妻之间。文人进行文学创作，本就是风雅之事。居住萧爽楼期间，夫妻居家，也曾论诗谈文。一众文士，不是把品诗论画作为生活之余的点缀，而是以此赋予日常生活浓郁的艺术气息。

夫妻二人，日落登山，观景生情，则联吟而出："兽云吞落日，弓月弹流星。"① 三白和韵《咏柳絮》中有"触我春愁偏婉转，撩他离绪更缠绵"② 之句。《浮生六记》一书中呈现三白所作的整首诗词并不多，但从三白偶有所记的佳句中，可见其平时对吟诗作对的喜爱。陈芸病殁后，三白言："归吾门后，余日奔走衣食，中馈缺乏，芸能纤悉不介意。及余家居，惟以文字相辩析而已。"③ 由此也可以佐证，

① 沈复. 浮生六记 [M]. 北京：人民文学出版社，1980：11.
② 沈复. 浮生六记 [M]. 北京：人民文学出版社，1980：14.
③ 沈复. 浮生六记 [M]. 北京：人民文学出版社，1980：34.

雅俗日常

赋文作诗，辩析文字，已成为三白生活中重要的一部分，体现了文士之雅的基本一面。

至于画作，三白对于学画、题画、作画均有叙及。

在仓米巷居住时，陈芸曾经畅想："他年当与君卜筑于此，买绕屋菜园十亩，课仆妪，植瓜蔬，以供薪水。君画我绣，以为诗酒之需。布衣菜饭可乐终身，不必作远游计也。"以"君画我绣，以为诗酒之需"的口吻看，三白的画作当属不差，在陈芸眼里，已经可以作为"乐终身"的谋生方式之一。这也为后来三白在失馆之后开设画铺埋下伏笔，同时从另一个侧面反映了三白作画的水平。至于后来三白真正开设画铺后经营上的不尽如人意，则有着多重因由，与三白画作的艺术水准虽有联系，但不是影响书画铺经营的决定性因素。

作画，可以说伴随了三白的一生。父亲去世后三白居大悲阁时记叙：

> 余则日与僧人作画，不见不闻。[1]

至于友朋之间，彼此学习交流，切磋进步，更是时时常有。从友人学画，三白记述：

---

① 沈复. 浮生六记 [M]. 北京: 人民文学出版社，1980：37.

时有杨补凡名昌绪，善人物写真；袁少迂名沛，工山水；王星澜名岩，工花卉翎毛；爱萧爽楼幽雅，皆携画具来，余则从之学画。写草篆，镌图章，加以润笔，交芸备茶酒供客。①

　　友人互赠画作，也为常有之事。

　　乙丑年（1805）孟春，三白曾为介石画《蠙山风木国》十二册。画家杨补凡为陈芸夫妇写载花小影，神情确肖。善写人物的苕溪人戚柳堤，受三白夫妇所托，画有"一手挽红丝，一手携杖悬姻缘簿，童颜鹤发，奔驰于非烟非雾中"②的月下老人像。三白知交石韫玉对此画作还题有赞语。后因家庭变故画作遗失，三白"'他生未卜此生休'，两人痴情，果邀神鉴耶"③的叹惋，于命运的无常中发出万端感慨。

　　作文章、吟诗赋、秉画笔，一向被视为文雅之事。因为，通常情况下，这是士人与平民知识根基的分界线："……就知识根基而言，为最重要之区别基点。平民知书识字，重在书算，只求识字书写有用于其职业，故就学甚短，三五月或一年已足其毕生应用。儒生重在进取功名，基本知识须通五经四书，必须熟用无碍。进而必习作文章诗赋，即

　　① 沈复. 浮生六记［M］. 北京：人民文学出版社，1980：21.
　　② 沈复. 浮生六记［M］. 北京：人民文学出版社，1980：10.
　　③ 沈复. 浮生六记［M］. 北京：人民文学出版社，1980：10.

必下笔属文，无所疑难。"① 三白于功名无取，但是，作为生在衣冠之家的孩子，从小需要接受四书五经的教育是毫无疑问的。而习四书五经之功，具吟诗作画之长，本就是士绅文化与庶民文化的区别点，是雅与俗的边界点。

第二节　行旅交游

读万卷书，行万里路，在士子看来，是涵育充实而有光辉的大美人格的必由之路与理想之途。于书本习诵中得到的知识，与从行走游走中获得的见闻，同是士子求志求道的方式；读书与出游，都是学人建构高雅人格的途径。

《论语·宪问》云："士而怀居，不足以为士矣。"② 一个士子，或者说一个读书人，如果留恋安居，就不配做读书人了。《左传·僖公二十三年》记载晋文公的故事："及齐，齐桓公妻之，有马二十乘。公子安之。……姜曰：'行也！怀与安，实败名。'公子不可。姜与子犯谋，醉而遣之。"③

① 王尔敏. 明清时代庶民文化生活 [M]. 长沙：岳麓书社，2002：2.
② 论语 [M] // 孟子，等. 四书五经. 北京：中华书局，2009：31.
③ 左传 [M]. 张宗友，注译. 郑州：中州古籍出版社，2010：92.

晋文公重耳，在外流亡时到了齐国，齐桓公给他娶了妻子，配了八十匹马。妻子有，家财具，他便满足于当下的生活，安土重迁，不想再奔波。其妻子姜氏对他"行也"的劝导，是认为重耳应有四方之志，而留恋妻室、贪图安逸，是败坏名声。重耳不肯走时，姜氏与狐偃计谋，将重耳灌醉后送走。

这里，无论是"怀居，不足以为士"，还是"行也！怀与安，实败名"，"怀安"与"行也"形成了对比。"行"中的走游，具有别样的含义。行游，关乎大丈夫志向气度，蕴藏着另一重内涵。"游，是古代社会即已许诺了士人的一份特殊权利。"① 而在明清鼎革之际，"宦游、游幕、游学，早已成为士的存在方式"②。

三白，身处清中期，半生为游，游幕游历，成为其人生履历的主题。《浮生六记》卷四《浪游记快》，占现有篇幅的四成。《浪游记快》开篇记："余游幕三十年来，天下所未到者，蜀中、黔中与滇南耳。"更可见三白行游之广。三白行游，多半在游幕之时。以赵园之论："由春秋到战国，'邦无定交，士无定主'……士的流动（士之游），扩大了他们自主选择的空间，造成了一定程度上的非依附性。即使

---

① 赵园. 制度·言论·心态：《明清之际士大夫研究》续编[M]. 北京：北京大学出版社，2015：181.

② 赵园. 制度·言论·心态：《明清之际士大夫研究》续编[M]. 北京：北京大学出版社，2015：181.

此'游'（明清间士的游幕）不同于彼'游'（战国之士的
游说），游幕一途也仍然扩大了士的生存空间，即如贫士缘
游幕而得游历。诉说'人间最苦是飘零'（《庚申花朝前五
日同王勤中姜奉世集棣华堂得青字》，《六松堂集》卷七）
的曾灿，不就说过自己'不是依人不得游'？"① 确实如此，
身为官员之客与幕主之宾，三白正是在"轮蹄征逐，处处随
人"的游幕生涯中，得以更多地登临山水，怡情乐性。虽然
三白的广游并非侈游，甚至在某个层面上透着穷困潦倒中的
苦中作乐与逼仄困窘中的乐以忘忧。

嘉庆五年（1800）冬天，三白"为友人作中保所累，
家庭失欢，寄居锡山华氏"②。第二年春天为谋得去扬州的
盘缠，去往上洋幕府找旧交韩春泉接济。韩春泉慷慨资助三
白十两银子。返回途中，想要一览虞山胜景，又有便船可以
顺路搭乘，便只身一人带着三百文钱，信步走至虞山书院。

> 墙外仰瞩，见丛树交花，娇红稚绿，傍水依
> 山，极饶幽趣。惜不得其门而入。问途以往。遇设
> 篷淪茗者，就之。烹碧罗春，饮之极佳。询虞山何
> 处最胜？一游者曰："从此出西关，近剑门，亦虞

① 赵园. 制度·言论·心态：《明清之际士大夫研究》续编
[M]. 北京大学出版社，2015：186.

② 沈复. 浮生六记 [M]. 北京：人民文学出版社，1980：
56-57.

山最佳处也。君欲往，请为前导。"余欣然从之。出西门，循山脚，高低约数里，渐见山峰屹立，石作横纹。至则一山中分，两壁凹凸，高数十仞。近而仰视，势将倾堕。其人曰："相传上有洞府，多仙景，惜无径可登。"余兴发，挽袖卷衣，猿攀而上，直造其巅。所谓洞府者，深仅丈许，上有石罅，洞然见天。俯首下视，腿软欲堕。乃以腹面壁，依藤附蔓而下。其人叹曰："壮哉！游兴之豪，未见有如君者。"余口渴思饮，邀其人就野店沽饮三杯。阳乌将落，未得遍游，拾赭石十余块怀之归寓。负笈搭夜航至苏，仍返锡山。此余愁苦中之快游也。①

即便寄居别家，"衣敝履穿，不堪入署"，愁苦加身，依然"逆旅行踪"②，探访虞山书院不得入门，便攀爬洞府，一览仙境。"但经济实力从来不被作为游的必要条件，富固然游，贫也未必不游，只不过富有富的游法，贫有贫的游法而已。"③ 可以这样说，如若无游幕的经历，则无广游的足迹，《浮生六记》的创作将是另一副面貌。因此，从某个方

① 沈复. 浮生六记 [M]. 北京：人民文学出版社，1980：57.
② 沈复. 浮生六记 [M]. 北京：人民文学出版社，1980：57.
③ 赵园. 制度·言论·心态：《明清之际士大夫研究》续编[M]. 北京：北京大学出版社，2015：169.

面说:"山水诗盛,游即被作为文人从事创作的必要条件,以至文人的生存方式。"① 文人好游,士子乐游,已经成为士子追求雅文化的固有组成部分,也已超越了功利层面的娱目乐心的感官之乐,具备了其对审美理想人格建构的重要意义。

三白之游,期望觅幽雅之境。

在行旅之中,三白以"不能探僻寻幽"② 为憾。"沧浪亭幽雅清旷,反无一人至者。"③ 及搬至仓米巷,"屋虽宏畅,非复沧浪亭之幽雅矣"④,三白所心系的,还是沧浪亭的幽雅。畅游西湖,"其余湖心亭、六一泉诸景,各有妙处,不能尽述;然皆不脱脂粉气,反不如小静室之幽僻,雅近天然"⑤。对幽僻之境,爱之愈深。与鸿干同登鸡笼山,喜"此处仰观峰岭,俯视园亭,既旷且幽,可以开樽矣"⑥。旷远深远的幽境,使得二人既览山川,幽发幽思,"或歌或啸,大畅胸怀"⑦。游九峰园,因其"另在南门幽静处,别饶天

———

① 赵园. 制度·言论·心态:《明清之际士大夫研究》续编 [M]. 北京:北京大学出版社,2015:168.

② 沈复. 浮生六记 [M]. 北京:人民文学出版社,1980:39.

③ 沈复. 浮生六记 [M]. 北京:人民文学出版社,1980:7.

④ 沈复. 浮生六记 [M]. 北京:人民文学出版社,1980:7.

⑤ 沈复. 浮生六记 [M]. 北京:人民文学出版社,1980:40.

⑥ 沈复. 浮生六记 [M]. 北京:人民文学出版社,1980:43.

⑦ 沈复. 浮生六记 [M]. 北京:人民文学出版社,1980:43.

趣；余以为诸园之冠"①。空静幽然的天然之境，能够在
"凡事喜独出己见，不屑随人是非"的三白眼里，成为园林
之冠，幽静天然的趣味当是占了上风。甚至游览之中，专门
寻找幽深僻远之境。"高义园即范文正公墓。白云精舍在其
旁。一轩面壁，上悬藤萝，下凿一潭广丈许，一泓清碧，有
金鳞游泳其中，名曰'钵盂泉'。竹炉茶灶，位置极幽。"②
甚至有时会去往"竹树丛杂，四山环绕，径满绿茵，已无人
迹"③之处，会因"慕此幽静，特来瞻仰"④。

可见，因对幽雅之境的钟爱，三白的出游更加具有士子
之游的特点。正如三白所写："故名胜所在贵乎心得，有名
胜而不觉其佳者，有非名胜而自以为妙者。"⑤一探名胜的
原因，不在名胜的声名。"贵乎心得"的难能可贵，人所未
有的精神体验，这种寻自然之境、探山水之乐的行游，重在
心灵与自然的融合，心境与物景的相通，心绪与寰宇的契
合，因而才有寻幽探胜的趣味与妙意。目及山水处，意在山
水外，士子体味的幽情幽趣，别有一番与众不同的雅意和
雅趣。

三白之游，钟情于雅近天然。

① 沈复. 浮生六记 [M]. 北京：人民文学出版社，1980：44.
② 沈复. 浮生六记 [M]. 北京：人民文学出版社，1980：55.
③ 沈复. 浮生六记 [M]. 北京：人民文学出版社，1980：55.
④ 沈复. 浮生六记 [M]. 北京：人民文学出版社，1980：55.
⑤ 沈复. 浮生六记 [M]. 北京：人民文学出版社，1980：39.

雅俗日常

与鸿干一起游上山村，探寻明末徐俟斋先生隐居之处的园林。"村在两山夹道中。园依山而无石，老树多极纡回盘郁之势。亭榭窗栏尽从朴素，竹篱茆舍，不愧隐者之居。中有皂荚亭，树大可两抱。余所历园亭，此为第一。"① 园中朴素简洁，画出天然。迁仓米巷后，老妪所居之处，"绕屋皆菜圃，编篱为门。门外有池约亩许，花光树影，错杂篱边。其地即元末张士诚王府废基也。屋西数武，瓦砾堆成土山，登其巅可远眺，地旷人稀，颇饶野趣"②。如此质朴之所，三白亦觉自有趣味。然而，清新天造、妙造自然的天然淳朴之美，于大自然中并不是时时可遇，常常会难觅踪迹。因而，于自然之上，辅助人工，而成景韵之美，达到气韵天成、真实自然的美感营造，也是良景佳苑。不过，凭借人工而能呈现自然天然之美的，在三白看来，有着多重的要求。譬如：

> 游陈氏安澜园，地占百亩，重楼复阁，夹道回廊。池甚广，桥作六曲形，石满藤萝凿痕全掩，古木千章皆有参天之势，鸟啼花落如入深山。此人工而归于天然者，余所历平地之假石园亭，此为

---

① 沈复. 浮生六记［M］. 北京：人民文学出版社，1980：42.
② 沈复. 浮生六记［M］. 北京：人民文学出版社，1980：10.

第一。①

精于人工，却不着痕迹；假山园林，却天然为上。造景真实，才能惟妙惟肖，似天地自然的真实质朴之态；造园逼真，自能假中见真，于雕琢修饰中见出人工合于天然的巧妙。

而对于苏州的虎丘胜景，三白直言直语：

> 吾苏虎邱之胜，余取后山之千顷云一处，次则剑池而已，余皆半借人工，且为脂粉所污，已失山林本相。即新起之白公祠、塔影桥，不过留名雅耳。其冶坊滨余戏改为野芳滨，更不过脂乡粉队，徒形其妖冶而已。其在城中最著名之狮子林，虽曰云林手笔，且石质玲珑，中多古木；然以大势观之，竟同乱堆煤渣，积以苔藓，穿以蚁穴，全无山林气势。②

这样的评论真是应了三白自己所说："余凡事喜独出己见，不屑随人是非，即论诗品画，莫不存人珍我弃、人弃我取之意；故名胜所在贵乎心得，有名胜而不觉其佳者，有非

---

① 沈复. 浮生六记 [M]. 北京：人民文学出版社，1980：45.
② 沈复. 浮生六记 [M]. 北京：人民文学出版社，1980：58.

名胜而自以为妙者。"① 在三白看来，"清水出芙蓉，天然去雕饰"，能给人带来最真实的美感与最美好的享受。浓笔渲染、浓妍媚丽的有意取巧，脂粉扑面、繁华绮丽的人工雕琢，与天然是差之毫厘，失之千里。如若如此，山林本相与山林气势又能从何处寻觅呢？

布衣文人之游，在行游交游之处，可见士子的审美情趣。专注于旖旎风光自是人之常情，而于胜景、秘境、幽境中，外在看景览胜为次，于周览寰宇中求内心之乐、得性情之悦，以美景怡情、以胜景养性，以妙境喻襟怀，以绝境见志趣，才是士人更加钟情游历的原因。因此，"士人的山水名胜之游，其意义固然在精神激发与超升，也在其他精神性的发现，包括自我认证。读山水也是读人，读文化，读解中就会有自我诠释"②。从这个意义上说，不管是因游幕带来的游览之便，还是专心于求道的游学，更有官宦之士的四处游走，也无论是登山临水、寻幽探胜，还是观人文风貌、历史遗迹，"游"对士子的精神世界、文艺创作都带来了深刻的影响。

常游在外的士子与怀居里居的士人，因为游的差异，在文艺创作上常会体现出差异。相对于那些"拘守于乡曲一隅的士人，阅历有限"，"有过游幕经历的士人，不但创作题

① 沈复. 浮生六记 [M]. 北京：人民文学出版社，1980：39.

② 赵园. 制度·言论·心态：《明清之际士大夫研究》续编 [M]. 北京：北京大学出版社，2015：171.

第五章 雅俗

201

材有较大突破与拓展，而且，对新题材的书写能更好地展现文学才华，显示较高的艺术水平"①。由此自然而然，一方面，文人记游历之感，成佳章妙文；另一方面，辞章文句中鲜明体现着他们的审美倾向。因而，"读山水既如读人，寻访山水也就如求友，所求无非性情之合。士人的游，可以看作其'创作'的非文字形式。士人本不乏此类人生意境创造的想象力与激情"②。据此，从《浮生六记》中可见三白其人的志向风尚。三白对于天然静谧、幽雅境地的喜爱，体现了三白的雅洁清逸之气。山川风物的自然灵气，陶冶了人的品怀情趣，是生发出"雅"自天然的审美感受的人文环境的土壤。而文人士子的文化情怀，则于山水物貌中体现出自身的雅致追求，不论是在"有我之境"还是"无我之境"，主体审美的雅意、雅趣，赋予客观对象美学意义上的"美""雅"之味。主体与客体在此达到了统一。

---

① 李金松. 乾嘉时期士人游幕与诗风嬗变 [J]. 长江学术，2022（2）：37.

② 赵园. 制度·言论·心态：《明清之际士大夫研究》续编 [M]. 北京：北京大学出版社，2015：171.

第三节　居处日常

行旅在外，自天地自然，胸次悠然，雅气晔晔；日常处家，于平素生活，俭洁真纯，雅趣清清。除却文士之间的杯酒往来，在家居日常中，雅趣也可体现在生活的方方面面。

保自然之雅趣，鄙人间之芜杂。雅趣多注重自然。所谓"趣"，多指志意趣尚，是基于人格境界、人生取向所形成的对艺术、生活的审美趣味。因此，"趣"为生命个体审美趣味的不同表现，因而具有不同的个性特征，譬如奇野之趣、古高之趣、佳妙之趣、乐悦之趣、俗常之趣等。"所谓趣味无争辩，作为审美主体的个体，其审美趣味是由其人生价值观所决定的。'观好殊听，爱憎难同。'但究其旨趣趣尚而言，总体上又可以分为雅与俗两大类。"① 一方面，由于日常生活的固定性、惯常性，芸芸众生，常常会困于烦琐细碎、淡然无味的无趣、庸常与俗常之中，程式化的步调与难趋变的习惯，更使得一成不变的单调成为主基调，一以贯之的规例成为主线索，亦步亦趋的从众成为主要呈现的生活

---

① 李天道. 中国美学雅俗精神 [M]. 北京：中国书籍出版社，2019：61.

方式，俗世俗趣有可能就成为庸常的平淡趣味。而从另一方面说，日常生活中潜藏的诗情画意，俗世俗趣中蕴藏的高雅情怀，也是常见到的另一种生活形态。有时，追求高雅的情趣会与平常人间的世俗相互交织缠绕，俗中尚雅，雅中趋俗，组成了较为常见的生活形态，构建了雅俗共存的生活图景。俗世的趣味与雅气的熏染，生活的烟火气息氤氲着一种既不同流俗、卓然而立又深入其中、相互融通的中和之态。

一、雅之日常

《浮生六记》中，三白与陈芸对于雅的追求散见于居处日常。

譬如收藏。

收纳古玩，征集书籍，求有名画，家有鼎彝，一向是士大夫的雅趣，是雅人雅士的专属之权。金石图书，雅藏为富；读书为乐，袭沿成风。如若收藏丰富，文人士大夫之间往往矜夸自持、钦敬羡慕。清代士子收藏之风颇盛。一方面，明末清初，好古尚古之风盛行。张岱曾写道："朱氏收藏，如'龙尾觥'、'合卺杯'，雕镂锲刻，真属鬼工，世不再见。余如秦铜汉玉、周鼎商彝、哥窑倭漆、厂盒宣炉、法书名画、晋帖唐琴，所畜之多，与分宜埒富，时人讥之。余谓博洽好古，犹是文人韵事，风雅之列，不黜曹瞒，鉴赏之家，尚存秋壑。诗文书画未尝不抬举古人。"① 以古为美，以古为雅，在当时为风雅之事。到了清中期，朴学日盛，对士人雅风雅趣的追求又起到了一定的推动作用。另一方面，"清代金石出土日丰，学者大多嗜古成癖，以高古自居，尤其醉心金石考据，时风所及，遂使古书校勘、辨伪、辑佚等基础工作皆成专门之学，因而对官私收藏产生了直接影响，金石图书的收藏，呈现出前所未有的盛况"②。可见，王公贵族士大夫，对于收藏的青睐有加。

三白夫妇亦曾有收藏之举。陈芸，对于首饰，言不足为贵。在三白弟媳偶缺珠花时，陈芸即将自己纳采所得到的赠予弟媳，无吝啬犹豫之举。而对于古旧字画，完全是另一种态度：

> 而于破书残画反极珍惜。书之残缺不全者，必搜集分门，汇订成帙，统名之曰"断简残编"；字画之破损者，必觅故纸粘补成幅，有破缺处，倩予全好而卷之，名门"弃余集赏"。于女红中馈之暇，终日琐琐不惮烦倦。芸于破笥烂卷中，偶获片

① 张岱. 陶庵梦忆　西湖梦寻［M］. 谷春侠，张立敏，注析. 郑州：中州古籍出版社，2012：151.
② 林永匡，袁立泽. 清代风俗［M］. 上海：上海文艺出版社，2018：484.

纸可观者，如得异宝。旧邻冯妪每收乱卷卖之。①

　　陈芸的举动当然非个人的嗜好，因为，"其癖好与余同；且能察眼意，懂眉语，一举一动，示之以色，无不头头是道"②。夫妇二人的志趣是相通的，追求是一致的。虽然受俭省朴素生活的节制与物质支持的制约，在收藏上未见有大笔投入，但从《浮生六记》的只言片语中，仍可窥见夫妻二人的雅致生活片段。

　　同时在一般大众，清代，"民间每每多负贩碑拓者，渔利之徒乘机网奇致异，竟成时尚"③。可以说，于收藏一举，雅藏与俗趣，虽有情趣的差异，却也可见士子雅趣的下移与民众俗趣的上移。

　　再如插花。

　　盆玩插花，亦为士子雅致生活的清韵之趣。三白对花卉盆景甚是喜爱："及长，爱花成癖，喜剪盆树。识张兰坡，始精剪枝养节之法，继悟接花叠石之法。"④

　　而对于插花，三白最有心得。

　　① 沈复. 浮生六记 [M]. 北京：人民文学出版社，1980：9.
　　② 沈复. 浮生六记 [M]. 北京：人民文学出版社，1980：9.
　　③ 林永匡，袁立泽. 清代风俗 [M]. 上海：上海文艺出版社，2018：486.
　　④ 沈复. 浮生六记 [M]. 北京：人民文学出版社，1980：16.

其插花朵，数宜单，不宜双。每瓶取一种不取二色。瓶口取阔大不取窄小，阔大者舒展不拘。自五七花至三四十花，必于瓶口中一丛怒起，以不散漫、不挤轧、不靠瓶口为妙；所谓"起把宜紧"也。或亭亭玉立，或飞舞横斜。花取参差，间以花蕊，以免飞钹耍盘之病。叶取不乱，梗取不强。用针宜藏，针长宁断之，毋令针针露梗；所谓"瓶口宜清"也。视桌之大小，一桌三瓶至七瓶而止，多则眉目不分，即同市井之菊屏矣。几之高低，自三四寸至二尺五六寸而止，必须参差高下互相照应，以气势联络为上。若中高两低，后高前低，成排对列，又犯俗所谓"锦灰堆"矣。或密或疏，或进或出，全在会心者得画意乃可。①

插花时讲究的所谓"起把宜紧""瓶口宜清"正是文人雅士雅致生活的典型体现。尤其是对"清"的追求，渗透到士大夫艺术生活的多个方面，更成为雅趣重要的组成部分。"清者，超凡绝俗之谓。"由此，清与俗相对，清雅与俗雅的矛盾性，使得清、雅的内涵具有同质性。在文人士大夫眼中，居处方面，房舍布局、窗栏墙壁、匾额挂画、陈设器具、灯样瓶炉，注重清逸布局；文艺方面，弹琴赋诗、作

---

① 沈复. 浮生六记 [M]. 北京：人民文学出版社，1980：17.

画弈棋，讲究清雅之风；花木观赏，喜于苍松翠柏、菊莲兰梅，追求清德之节。因而，清雅相连，作为一种审美取向，成为风雅文人与雅洁之士的生活方式和艺术追求。

再回说插花。士子于贮花择瓶中常显示出自身的清雅追求。应对季节，各有所需，冬春用铜瓶，夏秋宜磁瓶，合乎时节地理之变。插花之瓶以铜、磁为贵，金、银为轻，也是尚清雅之风。"瓶以磁者为佳，养花之水清而难浊，且无铜腥气也。然铜者有时而贵，以冬月生冰，磁者易裂，偶尔失防，遂成弃物，故当以铜者代之。"① 磁、铜的独特优势使得花瓶既有实用之处，又有朴实之妙。一瓶的选择，尚且讲究四季之分、磁铜之异，对清雅之趣的追求已成为文人心性与生活的表达方式，成为士子心境与品格的外在体现。这种艺术化、清雅化的生活，也影响到普通民众的日常生活，雅俗之间又一次开始了互动与转化。"在由俗返雅的历史进程中，随之而来者，则是士大夫生活的艺术化倾向，甚至影响及于一般民众。概括言之，包括以下两点：其一，'爱清'之风的出现。据陆容记载，当时北京的民间百姓，大多喜欢收藏书画及各种玩器，家中置办盆景、花木之类，称之为'爱清'。这种风气的出现，当然有其目的，亦即借此与一些好事的在朝官员往来，壮大自己的门户，或者投人所好，

---

① 李渔. 闲情偶寄 [M]. 杜书瀛，译注. 北京：中华书局，2014：492.

借此获取私利。即使如此，这种风气的出现，大抵可以证明士大夫对清雅生活的追求，已经开始向民间渗透。这种风气并非仅仅存在于北京，而是广泛流行于江南。"①

生长在江南苏州的三白，更是深受明清以来士大夫清雅风尚的影响，形成了清雅的审美趣味。三白对于插花的情趣，不仅仅限于插瓶的花枝技法，来自日常盆、碗、盘、洗插花瓶具的广口器皿的插花、用针之法，木本花果插瓶的裁剪之法，折梗打曲之法，三白均有独到心得。

此外，三白对插花，已不是只停留在"余闲居，案头瓶花不绝"②的喜爱成癖层面，对剪枝养节方法的娴熟，对接花叠石的参悟，使得其插花技艺巧妙精要。于三白而言，插花艺术已经成为一门生活艺术，也因此博得陈芸称赞："子之插花能备风晴雨露，可谓精妙入神。"③家乡洞庭神君诞辰之际，水仙庙常举办插花比赛，三白"为众友邀去，插花布置"④，其深谙插花之法由此可见一斑。尤其是三白看重的，是在插花时，"或密或疏，或进或出，全在会心者得画意乃可"⑤。这种清雅审美境界的构造，在着力于实景实地

① 陈宝良. 明代士大夫的精神世界 [M]. 北京：北京师范大学出版社，2017：420.

② 沈复. 浮生六记 [M]. 北京：人民文学出版社，1980：20.

③ 沈复. 浮生六记 [M]. 北京：人民文学出版社，1980：20.

④ 沈复. 浮生六记 [M]. 北京：人民文学出版社，1980：11.

⑤ 沈复. 浮生六记 [M]. 北京：人民文学出版社，1980：17.

之外，更加注重"会心""画意"，实则道出了构图布景之间，由自然景物生发的诗情画意与创作主体内在心灵情感审美交流的会和、无间与默契。感于中的会心，兴于怀的画意，是审美主体对客体的提升与改造，感知与回应，注入与共情，相和与共融，是由物生情、情寄于物的主体感受，创造、生成的一种审美境，达到了审美主体对客体对象自然生命律动与自我生命体验的回应、契合，实现了插花瓶栽的自然布置与"会心""画意"意绪情思的统一。三白顿悟的，或许就在此；陈芸叹为精妙入神的，或者亦在此。

对于盆玩，虽"以家无园圃，不能自植"，三白仍独悟其法。

> 至剪裁盆树，先取根露鸡爪者，左右剪成三节，然后起枝。一枝一节，七枝到顶，或九枝到顶。枝忌对节如肩臂，节忌臃肿如鹤膝。须盘旋出枝，不可光留左右，以避赤胸露背之病。又不可前后直出。有名双起三起者，一根而起两三树也。如根无爪形，便成插树，故不取。[①]

三白的清雅之趣，不仅仅在喜花插花，布景有方，剪裁盆树精妙得法。沧浪亭的清旷，花下饮一瓯清茗，亦是为三

---

① 沈复. 浮生六记 [M]. 北京：人民文学出版社，1980：18.

白所喜的清致之趣。而对花草的珍视，亦自有所好，不与众同。"花以兰为最，取其幽香韵致也"①；"惟每年篱东菊绽，积兴成癖"②；有"纸窗竹榻，颇有幽趣"③，而"烟雨楼在镜湖之中，四岸皆绿杨，惜无多竹"④。陈芸没后，"自号梅逸"⑤。三白对竹木兰花、菊篱幽兰的喜爱并不是无来由的。托物言志，借物寓情，以香草喻美好人格，是士大夫的寄情言志传统之一。明人高濂仅为书斋一隅，对花草的选择已心思缜密：春以兰，夏以夜合或黄萱，秋取黄蜜二色菊或三五寸高菊花，冬以水仙或美人蕉，各有适宜材质的适放容器（如哥窑、钧窑等）与形制（鼓盆、白花圆盆、长方盆等）以及搭配之物（如盆中置白石，灵芝或花器以朱几架之），此六种花草，清雅标致，"玉立亭亭，俨若隐人君子，置之几案，素艳逼人"⑥。书房之内，咫尺之间，择花种草尚且注重清雅之气，以合君子之风。而当阔步出外，登临山野，极目览景，听竹声飒飒，闻兰香幽幽，士子所喜所乐的，不是一时一地的感官之乐、耳目之娱，也不是片刻之余的惬意释怀、趣味品味，而是内在的风致志意、襟怀德行。兰的特

---

①　沈复. 浮生六记［M］. 北京：人民文学出版社，1980：16.
②　沈复. 浮生六记［M］. 北京：人民文学出版社，1980：17.
③　沈复. 浮生六记［M］. 北京：人民文学出版社，1980：10.
④　沈复. 浮生六记［M］. 北京：人民文学出版社，1980：45.
⑤　沈复. 浮生六记［M］. 北京：人民文学出版社，1980：35.
⑥　高濂. 遵生八笺［M］. 成都：巴蜀书社，1992：618.

立之格，菊的逸士之风，竹的君子之节，梅的至清之操，常为士子自况自喻。三白对于竹木花草的情有独钟，体现出一介布衣的尚雅之风，一位处士的清拔脱俗。

另如焚香。

> 静室焚香，闲中雅趣。芸尝以沉速等香，于饭镬蒸透，在炉上设一铜丝架，离火半寸许，徐徐烘之；其香幽韵而无烟。佛手忌醉鼻嗅，嗅则易烂。木瓜忌出汗，汗出，用水洗之。惟香圆无忌。佛手木瓜亦有供法，不能笔宣。每有人将供妥者随手取嗅，随手置之，即不知供法者也。[①]

又如赏月。

三白与吴云客、毛忆香、王星烂诸友，一番游览之后，返回来鹤庵。

> 桂轩之东，另有临洁小阁，已杯盘罗列。竹逸寡言静坐，而好客善饮。始则折桂催花，继则每人一令，二鼓始罢。余曰："今夜月色甚佳，即此酣卧，未免有负清光。何处得高旷地，一玩月色，庶不虚此良夜也？"竹逸曰："放鹤亭可登也。"云客

① 沈复. 浮生六记 [M]. 北京：人民文学出版社，1980：20.

日："星烂抱得琴来，未闻绝调，到彼一弹何如？"
乃偕往，但见木犀香里，一路霜林，月下长空，万
籁俱寂。星烂弹《梅花三弄》，飘飘欲仙。忆香亦
兴发，袖出铁笛，呜呜而吹之。云客曰："今夜石
湖看月者，谁能如吾辈之乐哉？"①

　　品月赏月，玩月邀月，多为文人所恋；对月清酌，待月
快酌，亦为士子所乐。月下移步，花影稀疏，常生逸飞情
丝；月色如水，青天朗照，常有清声清韵；山高月小，水落
石出，时有望月愁怀。夕照晚景、明月之夜的美景之妙、月
色之美，曾为文人笔下不朽的歌咏主题，一系列由月构思的
诗文美篇，使得皎皎明月成为中国文学艺术中经典的意象。
一轮清月之下，赏的，品的，观的，是朗朗月光，更是俱怀
逸兴壮思飞的诗趣与雅趣。而高朋云集，处高旷之地，享明
月清光，花木清香，长空清寂，酌清酒，听琴音，思绪飞
扬，心灵震荡。月色下的情怀志意，无所窒碍，胸中泰然，
俯察仰视之间，顾念万有之际，在这一天地间，时常挣脱俗
世枷锁，而获得了精神的超脱与生命的自由。三白与众友的
石湖看月，于"谁能如吾辈之乐哉"的感慨中，得见了兴
味盎然中的雅情雅趣。
　　还有叠石。

---

① 沈复. 浮生六记 [M]. 北京：人民文学出版社，1980：54.

若夫园亭楼阁，套室回廊，叠石成山，栽花取势，又在大中见小，小中见大，虚中有实，实中有虚，或藏或露，或浅或深，不仅在周回曲折四字，又不在地广石多徒烦工费。或掘地堆土成山，间以块石，杂以花草，篱用梅编，墙以藤引，则无山而成山矣。大中见小者，散漫处植易长之竹，编易茂之梅以屏之。小中见大者，窄院之墙宜凹凸其形，饰以绿色，引以藤蔓，嵌大石，凿字作碑记形。推窗如临石壁，便觉峻峭无穷。虚中有实者，或山穷水尽处，一折而豁然开朗；或轩阁设厨处，一开而可通别院。实中有虚者，开门于不通之院，映以竹石，如有实无也；设矮栏干墙头，如上有月台，而实虚也。①

　　对于园亭楼阁，三白既基于自然构造，又加入美学观照，大小、虚实、藏露、浅深，不是随意可为；山石、花草、廊墙、碑壁、轩阁，妙在章法布局；设色、显形、取势、映衬，贵在虚实无痕。也因此，在三白眼里，南城外的王氏园，因受东西长、南北短的地理位置限制，在结构上巧妙布局重台叠馆之法，尤其是虚实之间呼应有度、变化莫

① 沈复. 浮生六记 [M]. 北京：人民文学出版社，1980：19.

测，故而被三白赞叹为"真人工之奇绝者也"①。

三白生长在苏州。苏州有着园林之城的美誉，代表性的园林之美，大大小小园林之多，使得苏州园林成为中国乃至世界园林文化的代表，其中拙政园更是蜚声天下。园林构造，以自然之境为基本底色，常借水临湖，构成涟漪水面。叠以奇石，植种花木，形成园林的基本物理空间。其中尤为突出的，是在构园设园的理念与建筑方面，常常不是拘于一端，而是将中国传统文化中的山水观念、花木意蕴、陈设技巧、装饰点缀等融为一体，以园林的建筑为核心，在亭台楼阁、曲幽长廊、林木参差、花草错缕中，形成了咫尺山水见佳境、城中山林藏禅意的高远意境。每一座园林的设计铺排，虽然以建筑艺术为基础，却无不体现着造园者的苦心孤诣，透露出园林主人的学识修养。室廊回环，虚实之外，山水含义理，园林见意趣，融合了中国传统文学意境、文人书画风格、雕刻工艺美术等多种艺术价值，体现出高超精妙的艺术造诣之美，造就了园林成为世界文化宝库中的珍品。嘉园良景丰厚深沉的文化底蕴既暗藏着主人的格骨，也使得园林具有了人格化的风度。

而明清时期，作为江南繁庶之地的苏州，士大夫造园修园，营建别业，本就是一件胜事、雅事。"以园林为例，一

---

① 沈复. 浮生六记 [M]. 北京：人民文学出版社，1980：59.

般说来，应该属于士大夫的雅致生活，但建园之风也开始向民间渗透。"① 其时，民间有资产稍盛者，也在士大夫的影响下建造园林。只不过，"在士大夫眼中，民间有钱之人建园，不过是'好名喜夸'的一种体现。唯有士大夫所建园林，以及以园林为场所的士人雅会，才真正符合园林的本色。换言之，园亭若无一段山林景致，只以壮丽相炫，便会让人觉得'俗气扑人'"②。即便不为建造园林，文人士子有不少谙于园林艺术、熟稔叠石之妙的。

至于日常生活的省俭，则在简朴之外，常有简雅之韵。

于起居饮馔：

> 贫士起居服食，以及器皿房舍，宜省俭而雅洁。省俭之法曰："就事论事。"余爱小饮，不喜多菜。芸为置一梅花盒，用二寸白磁深碟六只，中置一只，外置五只，用灰漆就，其形如梅花。底盖均起凹楞，盖之上有柄如花蒂，置之案头，如一朵墨梅覆桌；启盖视之，如菜装于花瓣中。一盒六色，二三知己可以随意取食。食完再添。另做矮边圆盘一只，以便放杯箸酒壶之类，随处可摆，移掇

---

① 陈宝良. 明代士大夫的精神世界 [M]. 北京：北京师范大学出版社，2017：421.

② 陈宝良. 明代士大夫的精神世界 [M]. 北京：北京师范大学出版社，2017：421.

亦便。即食物省俭之一端也。①

这正是："置物但取其适用，何必幽渺其说，必至理穷义尽而后止哉！"② 注重器具的平民性、适用性，也是既省俭有端又雅俗皆具的生活方式。

于治服衣着：

> 余之小帽领袜皆芸自做。衣之破者移东补西，必整必洁，色取暗淡以免垢迹，既可出客，又可家常。此又服饰省俭之一端也。③

对于女性着装，李渔认为："妇人之衣，不贵精而贵洁，不贵丽而贵雅，不贵与家相称，而贵与貌相宜。绮罗文绣之服，被垢蒙尘，反不若布服之鲜美，所谓贵洁不贵精也。红紫深艳之色，违时失尚，反不若浅淡之合宜，所谓贵雅不贵丽也。"④ 陈芸着装"通体素淡"。夫妻二人衣衫的相配之色、治服的格调品位，显示出贵洁、贵雅的审美趋向。

于居室房舍：

① 沈复. 浮生六记 [M]. 北京：人民文学出版社，1980：23.
② 李渔. 闲情偶寄 [M]. 杜书瀛，译注. 北京：中华书局，2014：496.
③ 沈复. 浮生六记 [M]. 北京：人民文学出版社，1980：23.
④ 李渔. 闲情偶寄 [M]. 杜书瀛，译注. 北京：中华书局，2014：313–314.

初至萧爽楼中嫌其暗，以白纸糊壁，遂亮。夏月楼下去窗，无阑干，觉空洞无遮拦。芸曰："有旧竹帘在，何不以帘代栏？"余曰："如何？"芸曰："用竹数根黝黑色，一竖一横，留出走路。截半帘搭在横竹上，垂至地，高与桌齐。中竖短竹四根，用麻线扎定，然后于横竹搭帘处，寻旧黑布条，连横竹裹缝之。既可遮拦饰观，又不费钱。"此"就事论事"之一法也。以此推之，古人所谓竹头木屑皆有用，良有以也。①

于啜茶饮茗：

夏月荷花初开时，晚含而晓放。芸用小纱囊撮茶叶少许，置花心。明早取出，烹天泉水泡之，香韵尤绝。②

三白自喻为"贫士"，固然有财资之困，但是在志意追求上，虽有不得志之时，却不是穷途之态。但就饮食器皿而

---

① 沈复. 浮生六记 [M]. 北京：人民文学出版社，1980：23-24.
② 沈复. 浮生六记 [M]. 北京：人民文学出版社，1980：24.

言，简单质朴。一只六深碟梅花盒，一只矮边圆盘，便组成了知己煮酒饮茶的器具。三白自言"不喜多菜"，则山珍海味不至于有，饮食资财不外乎五谷六畜。然而寻常人家，仍能精于自有的烹调妙法，使得物尽其妙，做出自家独有的特殊味道。

三白虽于起居服食及房舍器皿上省俭雅洁，居家日常也往往"就事论事"，却不曾有衰败垂垂之象。贫而不至于穷，困而不至于潦倒，踉踉跄跄而没有仓皇逃遁，跌跌撞撞而没有一蹶不起。穷则独善其身，达则兼济天下，"士"的精神流脉深深嵌入士子的骨髓，潜进士人的血液，成为标识君子风度的人格标尺与士大夫风雅的精神刻度。

由此可以说，衣食钱财的一时缺乏，虽有贫寒之境，但"君子固穷"的志向情怀中，仍然葆有对理想人格的向雅追求。也就是说，对雅致的追求，不因贫困而有所拘囿，也不因资财丰赡而必然自具；不仅在于外在，更取决于内心。

二、雅俗观念的变化

其实，在明代对于雅俗之间的互动与转化，士大夫的观念已经出现变化。"雅俗之间，固然有别，但就明代士大夫的雅俗观念而论，同样出现了一些新的转向，大抵表现为以下两点：一是雅俗之辨，不在于外在的'事'，而是取决于内在的'心'。王嗣奭之论，就是典型一例。按照一般世俗的观念，大多鄙薄俗吏、俗人。王嗣奭却另有新见，认为尽管'俗'不可取，但'厌俗'亦不可。如此之论，有他的理由。如官吏若'厌俗'，地方百姓必受其害；普通之人'厌俗'，子孙必受其误。王嗣奭进而认为，'脱俗'之所以可贵，关键是'在心不在事'。假若一个人打扫此心清净，而淡于世利，则其人必廉；淡于货利，则其人必俭。能廉能俭，即使每天都在尘混中厮混，也能做到远离庸俗。反之，如果舍此而谈清言，课清事，而自以为已经脱俗，其实不过是将蛞蝓视为苏合丸而已。二是在雅俗之间，必须掌握好一个'度'。换言之，雅俗并不是互相对立的一方，对雅的追求，必须有一个很好的尺度，过了这个尺度，就会流入俗。"① 至盛清时代，贫士寒士多有，但是，相比珍馐佳肴、高堂庙所、牙板金樽、富商大贾，野蔬村酿、里居林屋、粗茶淡饭、一介布衣，并非只能有粗野生活，反而是心在物外，不为物役，贫寒之士自有另一番清净雅致的生活。

再者，对雅致生活的追求，本身即包含着简淡平实。如若贪痴物欲之欢，沉溺杯酒之乐，侈谈别业营造，一味追逐奇玩等，则会沾满市侩之气，透着市井俗气，难掩俚俗之态，冲淡了发自于内、取决于心的士子之雅的内在风度与气质。

而三白多处述自我个性：

① 陈宝良. 明代士大夫的精神世界 [M]. 北京：北京师范大学出版社，2017：415.

余性爽直，落拓不羁。①

余又好洁，地无纤尘，且无拘束，不嫌
放纵。②

余则非也。多情重诺，爽直不羁。③

余凡事喜独出己见，不屑随人是非，即论诗品
画，莫不存人珍我弃、人弃我取之意；故名胜所在
贵乎心得，有名胜而不觉其佳者，有非名胜而自以
为妙者。④

三白的性格具有士子之风。"独出己见，不屑随人是
非"不仅表现在居家日常、品评山水上，也表现在择友交
友、论诗作文上。居家日常、品评山水、择友交友等方面的
独特个性，前文亦有论述。此处单看三白与陈芸在课书论古
之际所透出的文章观。

一日，芸问曰："各种古文，宗何为是？"余
曰："《国策》《南华》取其灵快，匡衡、刘向取其
雅健，史迁、班固取其博大，昌黎取其浑，柳州取

---

① 沈复. 浮生六记 [M]. 北京：人民文学出版社，1980：5.
② 沈复. 浮生六记 [M]. 北京：人民文学出版社，1980：21.
③ 沈复. 浮生六记 [M]. 北京：人民文学出版社，1980：25.
④ 沈复. 浮生六记 [M]. 北京：人民文学出版社，1980：39.

其峭，庐陵取其宕，三苏取其辩，他若贾、董策
对，庾、徐骈体，陆贽奏议，取资者不能尽举，在
人之慧心领会耳。"芸曰："古文全在识高气雄，
女子学之恐难入彀；唯诗之一道，妾稍有领悟耳。"
余曰："唐以诗取士，而诗之宗匠必推李、杜。卿
爱宗何人？"……余曰："卿既知诗，亦当知赋之
弃取。"芸曰："《楚辞》为赋之祖，妾学浅费解。
就汉、晋人中调高语炼，似觉相如为最。"余戏曰：
"当日文君之从长卿，或不在琴而在此乎？"复相
与大笑而罢。①

夫妻二人看似漫不经心的对话，不经意传达出了三白的
文学观。三白论文前溯汉晋，延及唐宋，既推崇散文，又兼
取骈赋。一方面，相对于清初崛起的桐城派专治经书古文，
拒斥魏晋六朝骈文，三白对赋作并无排斥。另一方面，相对
于清中叶乾嘉年间骈文复兴，部分骈文名家否定唐宋时期及
之后的古文，三白对唐宋时期的古文运动并没有否定。兼收
并蓄，不古不今，慧心领会中，不同文体、风格、文法、内
容，自有可取之处。而这种"独出己见"，也可以视为雅
言。"凡是不事修饰，一意孤行，直抒独见，不必尽与古人

① 沈复. 浮生六记 [M]. 北京：人民文学出版社，1980：
4–5.

相合，亦不顾他人以古人律我，虽瑕瑜不掩，但在钱澄之看来，还是属于'雅言'。反之，若是自己一无所恃，仅仅取唐宋及近代诸大家之文，规模而拟似之，所担心的是一字一句与古人不肖，借此逃避他人的訾议，无疑就是'媚时'之举。假若如此，那么其人可以称之为'乡愿'，其文则可称为'时文'，很难避免庸俗。"① 相对于文坛千古大家，三白本无赫赫大名。其创作《浮生六记》，"不过记其实情实事而已"，却与清代的"时文"拉开了距离，而与"雅言"之作暗合无痕。即便这"实情实事"的记载，在后人看来，是经过了艺术加工的"实情实事"。这种根据回忆写于书中的故事，"沈复细心地有选择地忘却了一些东西，以便把回忆的断片构建为事情应该如此的模样，然而他对我们说的是'事实就是如此'"②。不管是三白有所甄选保留，还是记叙实情实事，《浮生六记》把生活真实与艺术真实融为一体，并因其浓厚的自传色彩，让后世读者一窥三白笔下所呈现的江南一隅的家庭际变与社会生态，还有士子文人的雅俗取向。

---

① 陈宝良. 明代士大夫的精神世界［M］. 北京：北京师范大学出版社，2017：416.

② 欧文. 追忆［M］. 郑学勤，译. 上海：上海古籍出版社，1990：121.

三、世俗之情

明清时期，经济变化深刻剧烈，工商业渐趋发达。江南一带，繁荣更盛，有着东南一大都会之称的苏州，更是商贾浩浩，辐辏云集，百货充盈于市，交易各得其所。在如此浓郁的商业气息中，市民阶层日益壮大，文人的生活方式也发生了改变。在以传统入仕为举业之道的同时，也有一部分文士弃士经商，投入商品经济的大潮中。由此，市民化的生活、市井化的气息、市场化的熏染，对文人的审美倾向和审美趣味产生了深刻影响。这表现在文学创作上，出现了一向求雅的文学风尚向通俗文学的转移。这种转移是主动、自然的。"如果说元代是统治者把文人抛出了官方意识的轨道，不得已投身于戏曲的创作，带来了中国古代戏曲的黄金时代的话，那么，明清则主要是市井生活的适意和通俗文学的趣味吸引文人自动入彀的。文人的世俗情怀和文学的俗趣直接推动了通俗小说的全面发展高涨。这只是文学运动的一个方面，另一方面则是俗文学在某种程度上迎合雅文化圈的爱好而自觉提高自己的艺术品位，从而达到雅俗文学的交汇。"① 世俗市井生活中的俗情俗趣，既影响着文士的生活，也延伸到文艺创作中。

---

① 孙之梅. 中国文学精神：明清卷 [M]. 济南：山东教育出版社，2003：119.

三白的《浮生六记》，雅风雅趣时有多见，而俗风俗情也不时映现，可以说是一部雅俗共赏、雅趣俗趣兼备的文学作品。这种俗风、俗情、俗趣，更多地表现在日常生活的诸多方面，体现出鲜明的地域风俗色彩，突出表现在庙会、节日等地方风俗上。

清代，地处东南的苏州，和北方的京城、南方的佛山、西边的汉口，被称为四大名镇，成为工商业积聚重地。繁华的城市，繁荣的经济，使得市镇经济与集市贸易迅速兴起，很好地满足了民众的生活需要和娱乐需求。而庙会，在集市贸易中扮演着重要的角色。节日庙会、神诞庙会、普通庙会，既是商品交易的良好时机，也是文化娱乐的良时佳节。苏州一带的庙会更是繁华异常，喧闹有加。新年之际，"诸丛林（寺庙）各建岁醮，士女游玩琳宫梵宇，或烧香答愿。自此翩翩征逐，无论远近，随意所之。城中玄妙观，尤为游人所争集。卖画张者，聚市于三清殿，乡人争买芒神春牛图。观内无市鬻之舍，支布幕为庐，晨集暮散，所鬻多糖果、小吃、琐碎玩具，间及什物而已，而橄榄尤为聚处。杂耍诸戏，来自四方，各献所长，以娱游客之目"①。苏州的新年庙会，真是一幅热闹景象。平日里，如逢寺庙节日或者其他活动，也会有热闹喧嚷的庙会。《浮生六记》记叙三仙庙神诞之日，陈芸在三白鼓动下，女扮男装，与三白一起去

---

① 顾禄. 清嘉录 [M]. 上海：上海古籍出版社，1986：9-10.

庙内游览。

> 芸揽镜自照，狂笑不已。余强挽之，悄然径
> 去。遍游庙中，无识出为女子者，或问何人，以表
> 弟对，拱手而已。最后至一处，有少妇幼女坐于所
> 设宝座后，乃杨姓司事者之眷属也。芸忽趋彼通款
> 曲，身一侧，而不觉一按少妇之肩。旁有婢媪怒而
> 起曰："何物狂生，不法乃尔！"余欲为措词掩饰。
> 芸见势恶，即脱帽翘足示之曰："我亦女子耳。"
> 相与愕然，转怒为欢。留茶点，唤肩舆送归。①

庙会期间，"日惟演戏，夜则参差高下插烛于瓶花间，
名曰'花照'。花光灯影，宝鼎香浮，若龙宫夜宴。司事者
或笙箫歌唱，或煮茗清谈，观者如蚁集，檐下皆设栏为
限"②。三白因插花艺术高超，还受朋友之邀去布置插花。

此一类的民众出游，与士子的求学寻道、幕游交游有着
明显不同，带着强烈的民间色彩。而吴地的游览之风，尤甚
于其他地方。《清嘉录》一书，记苏州的风俗礼尚、胜景游
观，其中记节日民众出游，缤纷异常。"清明日，官府至虎

---

① 沈复. 浮生六记 [M]. 北京：人民文学出版社，1980：12.
② 沈复. 浮生六记 [M]. 北京：人民文学出版社，1980：11.

丘郡厉坛致祭无祀。游人骈集山塘，号为'看会'。"① 六月，有珠兰茉莉花市："珠兰、茉莉花，来自他省。薰风欲拂，已毕集于山塘花肆。"② 虎丘灯船："豪民富贾，竞买灯舫，至虎丘山浜，各占柳阴深处，浮瓜沉李，赌酒征歌。赋客逍遥，名姝谈笑，雾縠冰纨，争妍斗艳。四窗八拓，放乎中流，往而复回，篙橹相应，谓之'水簪头'。日晡，络绎于冶芳浜中，行则鱼贯，泊则雁排。迫暮施烛，焜煌照彻，月辉与波光相激射。舟中酒炙纷陈，管弦竞奏，往往通夕而罢。"③ 消夏湾看荷花："洞庭西山之址，消夏湾为荷花最深处。夏末舒华，灿若锦绣，游人放棹纳凉，花香云影，皓月澄波，往往留梦湾中，越宿而归。"④ 除此之外，走三桥、玄墓看梅花、划龙船、乘风凉、九月登高、天平山看枫叶等，吴人都可以出游览胜，好游暮景之风可见一斑。

吴人好游之风，不仅见于文人士子，也见于普通大众；不仅为男子所享，女子亦参与其中。顾禄笔下的"士女游玩琳宫梵宇"即为明证。只不过，大众性的旅游，情不在山水，意不在雅趣，得之游览的乐趣，除却幽境别趣之外，于挨簇为乐的热闹与摩肩接踵的喧吵中，旅游娱乐的功能反而凸显了。世俗生活的常态就是具有这样的烟火气息。士子注

① 顾禄. 清嘉录 [M]. 上海：上海古籍出版社，1986：51.
② 顾禄. 清嘉录 [M]. 上海：上海古籍出版社，1986：105.
③ 顾禄. 清嘉录 [M]. 上海：上海古籍出版社，1986：107.
④ 顾禄. 清嘉录 [M]. 上海：上海古籍出版社，1986：114.

重精神驰骛、心灵交汇畅游之外，仍不能脱离俗常化的琐碎生活，介入民众的娱乐生活并不意外，雅与俗在这里一时泯灭了界限，找到了汇通的节点。

另外，乞巧是民间七夕节的特有风俗。《吴郡岁华纪丽》记载："吴中旧俗，七夕，市上卖巧果，以面和糖，绾作苎结形，或剪作飞禽之式，油煮令脆，总名巧果。闺中儿女，陈花果香灯、瓜藕之属，于庭中露台，礼拜双星，为乞巧会，令儿女辈悉与，谓之女儿节。以青竹戴绿荷，系于庭，作承露盘。男女罗拜月下，以线刺针孔辨目力。明日视盘中蜘蛛令丝者，谓之得巧。余皆举露饮之。贵家巨族，结彩楼于庭，为乞巧楼；穿七孔针，名曰弄影之戏。见天河中耿耿白气，或耀五色，以为双星渡河征见，便拜得福。"[①]《清嘉录》亦记，在苏州，"七夕前，市上已卖巧果，有以面白和糖，绾作苎结之形，油氽令脆者，俗呼为'苎结'。至是，或偕花果、陈香蜡于庭或露台之上，礼拜双星以乞巧"[②]。三白夫妇，在这一天，"芸设香烛瓜果，同拜天孙于我取轩中"[③]。清代，民间乞巧节的风俗，皇宫院内也有参与。"清代皇宫中，每逢七夕，亦有设果桌祭牛女，皇后亲

① 袁景澜. 吴郡岁华纪丽［M］. 南京：江苏古籍出版社，1998：236.

② 顾禄. 清嘉录［M］. 上海：上海古籍出版社，1986：119.

③ 沈复. 浮生六记［M］. 北京：人民文学出版社，1980：5.

行拜祭礼之习。"① 上至宫廷，下至平民，风俗趋一，可见七夕节日习俗的普及性与广泛性。

另外，三白还记述了吴地中秋"走月亮"的节日夜游风俗。

> 中秋日，余病初愈，以芸半年新妇，未尝一至间壁之沧浪亭，先令老仆约守者勿放闲人。于将晚时，偕芸及余幼妹，一妪一婢扶焉。老仆前导，过石桥，进门，折东曲径而入，叠石成山，林木葱翠。亭在土山之巅，循级至亭心，周望极目可数里，炊烟四起，晚霞烂然。隔岸名"近山林"，为大宪行台宴集之地，时正谊书院犹未启也。携一毯设亭中，席地环坐，守者烹茶以进。少焉，一轮明月已上林梢，渐觉风生袖底，月到波心，俗虑尘怀，爽然顿释。芸曰："今日之游乐矣！若驾一叶扁舟，往来亭下，不更快哉！"时已上灯，忆及七月十五夜之惊，相扶下亭而归。吴俗，妇女是晚不拘大家小户皆出，结队而游，名曰"走月亮"。沧浪亭幽雅清旷，反无一人至者。②

《吴郡岁华纪丽》载："中秋夕，妇女盛装出游，携榼胜地，联袂踏歌。里门夜开，比邻同巷，互相往来。有终年不相过问，而此夕款门赏月，陈设月饼、菱芡，延坐烹茶，欢然笑语；或有随喜尼庵，看焚香斗。香烟氤氲，杂以人影。街衢似水，凉沐金波。虽静巷幽坊，亦行踪不绝。逮鸡声唱晓，犹婆娑忘寐，谓之走月亮。"①

这一夜，妇女们盛装出游，互相往返，有的去往尼姑庵，甚至鸡鸣喔喔，仍然婆娑月下，似乎忘记了昼夜区别。相对于大多数妇女中秋夜的繁华夜游，三白夫妇在一轮明月下的"走月亮"反倒清淡简约了许多，于身心的愉悦中，生发的感怀期冀，则具有一股淡淡的清雅之风。

江南一带，吴地文化底蕴丰厚，《浮生六记》对苏州、扬州一带的风俗文化，除却对岁时节令等节日风俗的记载，其他日常生活风俗散见在不同卷章。《浮生六记》中，三白夫妇的伉俪情深，为书中最动人情节。今不论生与来世，哪怕生前与死后，夫妻二人的缠绵感哀的情意让人印象深刻。尤其是陈芸病殁后，三白记回煞之日的祭祀，更是笔力刻骨铭心，给人以强烈的触动。

回煞之期，俗传是日魂必随煞而归，故房中铺

① 袁景澜. 吴郡岁华纪丽 [M]. 南京：江苏古籍出版社，1998：259.

设一如生前，且须铺生前旧衣于床上，置旧鞋于床下，以待魂归瞻顾。吴下相传谓之"收眼光"；延羽士作法，先召于床而后遣之，谓之"接眚"。邗江俗例，设酒淆于死者之室，一家尽出，谓之"避眚"；以故有因避被窃者。芸娘眚期，房东因同居而出避，邻家嘱余亦设眚远避。余冀魂归一见，姑漫应之。同乡张禹门谏余曰："因邪入邪，宜信其有，勿尝试也。"余曰："所以不避而待之者，正信其有也。"张曰："回煞犯煞不利生人。夫人即或魂归，业已阴阳有间，窃恐欲见者无形可接，应避者反犯其锋耳。"时余痴心不昧，强对曰："死生有命。君果关切，伴我何如？"张曰："我当于门外守之。君有异见，一呼即入可也。"余乃张灯入室，见铺设宛然，而音容已杳，不禁心伤泪涌。又恐泪眼模糊，失所欲见，忍泪睁目，坐床而待。抚其所遗旧服，香泽犹存，不觉柔肠寸断，冥然昏去。转念待魂而来，何遽睡耶？开目四视，见席上双烛青焰荧荧，缩光如豆，毛骨悚然，通体寒栗。因摩两手擦额，细瞩之，双焰渐起高至尺许，纸裱顶格几被所焚。余正得借光四顾间，光忽又缩如前。此时心春股栗，欲呼守者进观；而转念，柔魂弱魄，恐为盛阳所逼，悄呼芸名而祝之，满室寂然，一无所见。既而烛焰复明，不复腾起矣。出告禹门，服余胆壮，不知余实一时情痴耳。①

"煞"，一义为迷信传说中凶恶的神。"偏傍之书，死有归杀。子孙逃窜，莫肯在家；画瓦书符，作诸厌胜；丧出之日，门前然火，户外列灰，被送家鬼，章断注连。凡如此比，不近有情，乃儒雅之罪人，弹议所当加也。"② 在《颜氏家训·风操第六》中，颜之推对"归杀""厌胜"一类的民间迷信持否定态度，但也从另一侧面反映了"归杀"风俗在民间的存在。这里的"归杀"指的就是"回煞"。旧时大众认为，人死之后在若干日之内，鬼魂要回家一次。中国民间有多神信仰，"其民间形成之强大势力，主要在于丧祭之超度，民户之放焰口，为人世繁复之佛事仪节。此种为亡人追祭之种种仪礼，佛教徒不能自行其礼，只有僧尼导引代劳。表现佛教世俗化之一面。民间祈福清醮，太平清醮，亦非道教徒所能自行，必须真人羽士通晓经文符咒仪节规矩者行之。然为民户做法事，亦正是道教世俗化之一面。……换言之，佛道之世俗化部分，表现于民间佛事之频繁，与庶民

---

① 沈复. 浮生六记 [M]. 北京：人民文学出版社，1980：34-35.

② 颜氏家训 [M]. 檀作文，译注. 北京：中华书局，2011：69.

生活息息相关"①。作为礼仪之邦的中国，对生死大事，尤其是对人死后的丧礼与祭礼，人们会放在十分重要的位置。国人对亲人死亡的丧祭之礼尤为重视，甚至有"礼莫重于丧"之说。安葬亲人的遗体，让死者的灵魂安息，是丧礼最重要的两个方面。"整个丧礼，是围绕着处理死者的遗体和魂灵两个主题进行的。如果说既夕礼是'送形而往'，将死者的形体送到墓地安葬，则士虞礼就是'迎魂而返'，将死者的精气迎回殡宫，进行祭祀。"② 而讲孝道、敬祖宗的中华文化传统，使得祭拜祖宗的灵魂不管是在官方还是民间，都是应有之义。

"敬鬼神而远之"，是敬而远之。"子不语怪，力，乱，神。"③ 孔子对鬼神不加议论。对于鬼神的观念，《论语》记载："季路问事鬼神。子曰：'未能事人，焉能事鬼？'曰：'敢问死？'曰：'未知生，焉知死。'"④ 孔子"并不否认鬼神的存在，而是认为先把人作好，再研究鬼神的问题。……

---

① 王尔敏. 明清时代庶民文化生活 [M]. 长沙：岳麓书社，2002：13.

② 彭林. 中国古代礼仪文明 [M]. 北京：中华书局，2013：269.

③ 论语 [M] // 孟子，等. 四书五经. 北京：中华书局，2009：17.

④ 论语 [M] // 孟子，等. 四书五经. 北京：中华书局，2009：25.

这等于他消极地承认有鬼神"①。因此，传统文化中对灵魂的祭祀是很重视的。"亲人的躯体已经不可再见，为什么还要祭祀？儒家认为，亲人的精气与神明永存于天地之间，有着佑善惩恶的能力；子女的思念也不会因时空而阻断。祭祀是沟通生者与逝者的方式，既可以表达子女对亲人绵绵不绝的思念，同时祈求列祖列宗的福佑。"② 敬事鬼神的观念，加上道教、佛教对大众的影响，使得存于民间灵魂不死、今生来世的观念根深蒂固。同时，僧尼的超度之法、羽士的符咒仪节，既是佛教、道教世俗化的方式，也是民间丧祭风俗重要的组成部分。而在民间祭祀中，有把清明节、中元节和十月朔日（或冬至节）称为"三鬼"节的说法，其中以中元节的祭祀最为隆重。"中元，俗称'七月半'，官府亦祭郡厉坛。游人集山塘，看无祀会，一如清明。人无贫富，皆祭其先。新亡者之家，或倩释氏、羽流诵经超度，至亲亦往拜灵座，谓之'新七月半'。"③ 可见苏州一带对亡灵祭奠的重视。

三白《浮生六记》中对"回煞"之期的描述，就鲜明体现了这一风俗的细节。其间，三白祭妻安魂的举动，是其

———————————

① 南怀瑾. 论语别裁 [M]. 上海：复旦大学出版社，2002：494.

② 彭林. 中国古代礼仪文明 [M]. 北京：中华书局，2013：269.

③ 顾禄. 清嘉录 [M]. 上海：上海古籍出版社，1986：123.

内心痴情的外在表现。现世的永隔与来世的重逢，死者的魂安与生者的思念，通过精神魂魄的感应相通，勾连起了现实世界与彼岸世界，与其当作迷信视之，不如视为庶民的一种民间信仰，从中可见大众的文化生活形态在民风民俗上的表现，更可透视世情世态的多样性与人情人性的丰富性。

主要参考文献

[1] 陈鹏. 中国婚姻史稿 [M]. 北京：中华书局，2005.

[2] 孟子，等. 四书五经 [M]. 北京：中华书局，2009.

[3] 沈复. 浮生六记 [M]. 北京：人民文学出版社，1980.

[4] 陈寅恪. 元白诗笺证稿 [M]. 北京：生活·读书·新知三联书店，2001.

[5] 伊沛霞. 内闱：宋代妇女的婚姻和生活 [M]. 胡志宏，译. 南京：江苏人民出版社，2022.

[6] 鲍国华. 论《文字同盟》载俞平伯文《〈浮生六记〉考》[J]. 新文学史料，2014（2）：150-153.

[7] 俞平伯. 俞平伯全集：第3卷 [M]. 石家庄：花山文艺出版社，1997.

[8] 沈复. 浮生六记 [M]. 苗怀明，译注. 北京：中华书局，2018.

[9] 郑逸梅. 文苑花絮 [M]. 郑州：中州书画社，1983.

[10] 陈顾远. 中国婚姻史 [M]. 北京：商务印书馆，2014.

[11] 王卫平，李学如. 苏州家训选编 [M]. 苏州：苏州大学出版社，2016.

[12] 陈东原. 中国妇女生活史 [M]. 北京：商务印书馆，2015.

雅俗日常

[13] 郭松义. 中国妇女通史：清代卷［M］. 杭州：杭州出版社，2010.

[14] 曼素恩. 缀珍录：十八世纪及其前后的中国妇女［M］. 定宜庄，颜宜葳，译. 南京：江苏人民出版社，2005.

[15] 孔祥秋. 李清照词传［M］. 西安：太白文艺出版社，2020.

[16] 朱文通.《浮生六记》琐谈［J］. 江淮文史，2011（4）：165-168.

[17] 赵园. 家人父子：由人伦探访明清之际士大夫的生活世界［M］. 北京：北京大学出版社，2015.

[18] 刘勰. 文心雕龙［M］. 郑州：中州古籍出版社，2008.

[19] 班昭，吕坤. 女诫　闺范译注［M］. 黄冠文，宋婕，译注. 上海：上海古籍出版社，2020.

[20] 茅坤. 茅坤集［M］. 杭州：浙江古籍出版社，1993.

[21] 叶绍袁. 午梦堂集［M］. 北京：中华书局，1998.

[22] 孙奇逢. 夏峰先生集［M］. 北京：中华书局，2004.

[23] 高彦颐. 闺塾师：明末清初江南的才女文化［M］. 李志生，译. 南京：江苏人民出版社，2022.

[24] 王跃生. 十八世纪中国婚姻家庭研究：建立在1781—1791年个案基础上的分析［M］. 北京：法律出版社，2000.

[25] 陈毓罴.《浮生六记》研究［M］. 北京：社会科学文献出版社，2012.

[26] 陈宝良. 明代秀才的生活世界［M］. 北京：北京师范大学出版社，2020.

[27] 钱澄之. 田间文集［M］. 合肥：黄山书社，1998.

[28] 黄宗羲. 黄宗羲全集：第二册［M］. 杭州：浙江古籍出版社，1986.

[29] 孝经［M］. 顾迁，注译. 郑州：中州古籍出版社，2012.

[30] 周作人. 知堂回想录［M］. 香港：三育图书文具公司，1980.

[31] 刘丽珈.《浮生六记》沈氏父子形象之比较［J］. 西昌学院学报（社会科学版），2014，26（4）：22-25，29.

[32] 吕思勉. 中国婚姻制度小史［M］. 北京：知识产权出版社，2018.

[33] 中华书局编辑部."二十四"史（简体字本）第63册［M］. 北京：中华书局，2000.

[34] 吴雪钰."美"的开始与结束：《浮生六记》中的人物际遇之必然性［J］. 安徽文学（下半月），2010（5）：131-133.

[35] 程小青. 试论《浮生六记》陈芸两难的文化处境［J］. 福建工程学院学报，2009，7（5）：483-487.

[36] 顾禄. 清嘉录［M］. 上海：上海古籍出版社，1986.

[37] 宋立中. 明清江南妇女"冶游"与封建伦理冲突［J］. 妇女研究论丛，2001（1）：39-48.

[38] 司马迁. 史记［M］. 北京：中华书局，2014.

[39] 颜氏家训［M］. 檀作文，译注. 北京：中华书局，2011.

[40] 卢苇菁，李国彤，王燕，等. 兰闺史踪：曼素恩明清与近代性别家庭研究［M］. 上海：复旦大学出版社，2021.

[41] 颜元. 颜元集［M］. 北京：中华书局，1987.

[42] 中国社会科学院历史研究所明清史研究室. 清史论丛：2000

雅俗日常

年号［C］.北京：中国广播电视出版社，2000.

［43］来新夏.近三百年人物年谱知见录［M］.上海：上海人民
出版社，1983.

［44］牟钟鉴.君子人格六讲［M］.北京：中华书局，2020.

［45］陈天佑.从江南文人的交游看清代忆语的创作［J］.衡阳师
范学院学报，2016：37（4）：71-76.

［46］何炳棣.明清社会史论［M］.徐泓，译注.新北：联经出
版事业股份有限公司，2013.

［47］管子［M］.姚晓娟，汪银峰，注译.郑州：中州古籍出版
社，2010.

［48］辞源［M］.北京：商务印书馆，1988.

［49］赵园.制度·言论·心态：《明清士大夫研究》续编［M］.
北京：北京大学出版社，2015.

［50］徐永斌.明清江南文士治生研究［M］.北京：中华书
局，2019.

［51］李乔.沈三白师爷生涯考略：《浮生六记》发隐［J］.清史
研究，1995（3）：79-86.

［52］王尔敏.明清时代庶民文化生活［M］.长沙：岳麓书
社，2002.

［53］欧立德.乾隆帝［M］.青石，译.北京：社会科学文献出
版社，2014.

［54］吕元骢，葛荣晋.清代社会与实学［M］.香港：香港大学
出版社，2000.

［55］范金民.明清社会经济与江南地域文化［M］.上海：中西

书局，2019.

[56] 李瑞豪. "师爷"沈复的文人趣味：论《浮生六记》中的
"闲"与"趣"[J]. 哈尔滨师范大学社会科学学报，2012，
3（3）：63-66.

[57] 诗经［M］. 葛培岭，注译. 郑州：中州古籍出版社，2007.

[58] 中华书局编辑部. "二十四史"（简体字本）第 5 册［M］.
北京：中华书局，2000.

[59] 说文解字［M］. 汤可敬，译注. 北京：中华书局，2018.

[60] 李天道. 中国美学雅俗精神［M］. 北京：中国书籍出版
社，2019.

[61] 钱泳. 履园丛话［M］. 北京：中华书局，1979.

[62] 左传［M］. 张宗友，注译. 郑州：中州古籍出版社，2010.

[63] 张岱. 陶庵梦忆　西湖梦寻［M］. 谷春侠，张立敏，注析.
郑州：中州古籍出版社，2012.

[64] 林永匡，袁立泽. 清代风俗［M］. 上海：上海文艺出版
社，2018.

[65] 李渔. 闲情偶寄［M］. 杜书瀛，译注. 北京：中华书
局，2014.

[66] 陈宝良. 明代士大夫的精神世界［M］. 北京：北京师范大
学出版社，2017.

[67] 高濂. 遵生八笺［M］. 成都：巴蜀书社，1992.

[68] 欧文. 追忆［M］. 郑学勤，译. 上海：上海古籍出版
社，1990.

[69] 孙之梅. 中国文学精神：明清卷［M］. 济南：山东教育出

版社, 2003.

［70］袁景澜. 吴郡岁华纪丽［M］. 南京：江苏古籍出版社, 1998.

［71］彭林. 中国古代礼仪文明［M］. 北京：中华书局, 2013.

［72］南怀瑾. 论语别裁［M］. 上海：复旦大学出版社, 2002.